CITIZEN CAME

SÉRIE L'IMPLACABLE

1 IMPLACABLEMENT VÔTRE
2 SAVOIR C'EST MOURIR
3 PUZZLE CHINOIS
4 L'HÉROÏNE DE LA MAFIA
5 DOCTEUR SÉISME
6 CONDITIONNÉ A MORT
7 RUMBA CHEZ LES ROUTIERS
8 CONFÉRENCE DE LA MORT
9 LES FOUS DE LA JUSTICE
10 LE TYPHON DU TIERS MONDE
11 MARCHE OU CRÈVE
12 SAFARI HUMAIN
13 ROCK'N'DROGUE
14 JEUNE CADRE DYNAMITE
15 CRIMES CLINIQUES
16 POUR QUELQUES BARILS DE PLUS
17 TOTEM ATOMIQUE
18 BIFTONS BIDONS
19 DIVINE BÉATITUDE
20 FATALE FINALE
21 MAUVAISES GRAINES
22 CERVELLE TRAFIC
23 COMPTINE CRUELLE
24 CŒURS DE PIERRE
25 RÊVE MÉCANIQUE
26 BLOODY BORTSCH
27 DERNIER HOLOCAUSTE
28 CROISIÈRE DE LA MORT
29 CULTE SANGLANT
30 COLÈRE NOIRE
31 SECOURS MORTEL
32 CHROMOSOMES CANNIBALES
33 VAUDOU MACHINE
34 RAGE BLANCHE
35 TOVARITCH COW BOY
36 PORNO-DOLLARS
37 PEUR JAUNE
38 MAFIA-CITY
39 KIDNAPPING A LA MAISON BLANCHE
40 JEUX DANGEREUX
41 TORCHES VIVANTES
42 DOUCE ÉNERGIE
43 NOIR LINCEUL
44 BYE BYE L'ESPION
45 SAINTE APOCALYPSE
46 BAIN DE SANG
47 MENACE COSMIQUE
48 PÉTRO MASSACRE
49 PLUS JAMAIS
50 TOXICO-JOUVENCE
51 FERVEUR AVEUGLE
52 L'OR DES MAUDITS
53 MORTEL SACRILÈGE

RICHARD SAPIR
WARREN MURPHY

L'IMPLACABLE

CITIZEN CAME

TRADUIT DE L'AMÉRICAIN
PAR FRANCE-MARIE WATKINS

PLON

Titre original :

LAST DROP

Illustration de la couverture : Loris

ISBN 2-259-01555-7

Édition originale :
ISBN 0-523-41564-8
PINNACLE BOOKS INC. NEW YORK
New York N. Y. 10018

CHAPITRE PREMIER

Quand Leith Blake fut renvoyé de la classe, il ne savait pas qu'il était le signe avant-coureur d'une épidémie nationale à côté de laquelle la peste bubonique aurait l'air d'un petit accès d'urticaire bénin. Sa seule idée, c'était qu'il était bourré.

C'était assez juste. Il avait consommé cinq Seconals, trois Tuinols, une poignée de Quaaludes et à peu près quinze grammes de marijuana avant le petit déjeuner. Dans l'ensemble, Leith se sentait à peu près dans le même état que tous les autres matins d'école, depuis son douzième anniversaire quatre ans plus tôt.

Il n'était pas renvoyé chez lui parce qu'il était malade. Tous les deux mois environ, quand les profs du collège préparatoire de Southern Palm Beach avaient envie de s'en payer une tranche, une inspection-drogue était organisée dans toute l'école. La marchandise était confisquée et les contrevenants renvoyés chez eux. Cela fait, s'étant débarrassés de tous les élèves, les profs étaient libres de s'en mettre plein la tronche sans de stupides interruptions pour faire des cours assommants. C'était un bon système. Palm Beach Prep savait maintenir le moral au beau fixe.

Leith tituba entre les colonnes à l'entrée de la luxueuse demeure familiale.

— Salut, m'man, dit-il en passant devant la chambre de satin jaune où sa mère, revêtue d'un boa de plumes d'autruche et d'un sautoir de perles, caressait la femme d'un magnat du surgelé tout en reniflant une bonne dose de cocaïne.

— Est-ce que tu ne devrais pas être en classe ou quelque chose comme ça ? demanda Mrs Blake.

Son fils marmonna on ne sait quoi, réponse couverte par les cris perçants de la reine du surgelé qui se tordait d'extase.

— Qu'est-ce que tu dis ? demanda Mrs Blake tout en ingurgitant une poignée de Valiums.

— J'ai été renvoyé.

— Pourquoi ?

La mère de Leith toussa en allumant un joint de hachisch. Leith entra, s'approcha du lit et se fourra dans la bouche quelques barbituriques.

— Drogue, répliqua-t-il laconiquement tandis que la surgelette lui abaissait, en pouffant, la fermeture à glissière de son jean.

— Encore la drogue ! soupira Mrs Blake en secouant la tête. Les gosses d'aujourd'hui, je vous jure. Où va le monde, je vous demande un peu !

— Mmfff, répondit sa compagne qui portait à ses lèvres une bouteille de champagne.

— Je vais devoir le dire à ton père !

— Ouais.

La belle affaire, pensa Leith. Son père, un très important homme d'affaires de Miami, était aussi toxico que sa mère. A eux deux, ils battaient Leith à pleines seringues. Il se traîna vers la cuisine. Il avait envie d'un café.

Marrant, pensa-t-il. Sa chambre contenait assez de

drogue pour alimenter cent lycées, mais toutes les poudres, les herbes, les comprimés, les défonceurs, les calmants et les excitants lui semblaient du dernier démodé. Ce qu'il voulait — non, ce qu'il lui fallait absolument — ce qu'il désirait par-dessus tout, c'était une bonne tasse de café fumant.

Il se dit que les divers conseillers du collège avaient eu raison, quand ils lui avaient dit que la drogue n'était qu'une phase passagère. Le bon vieux temps de sa première adolescence allait lui manquer. Déjà, le souvenir de sa marche chancelante dans la rue, de sa plongée la tête la première dans son casier, du cours d'anglais passé couché par terre et de la mise en l'air de la Mercedes familiale tous les week-ends, se fondait dans une nostalgie brumeuse.

Oui, cette époque-là allait lui manquer : Mais pour le moment, il lui fallait avaler une tasse de café avant de tuer quelqu'un.

Être ado, c'était l'enfer.

*
**

A soixante kilomètres de là, dans le centre de Miami, le papa de Leith, Drexel Armistead Blake, entra d'un pas assuré dans la salle de conférence d'International Imports. Il était le président du conseil d'administration et il avait préparé une brève déclaration, à lire aux autres membres. Ou plutôt, c'était sa secrétaire qui l'avait préparée, la fidèle mais peu séduisante Harriet Holmes, pendant que Blake défendait l'honneur de la société sur le court de squash, contre le président d'une compagnie d'importation rivale.

Le rapport ne paraissait pas trop difficile. Blake avait averti Miss Holmes de ne pas employer trop de mots de plus d'une syllabe, de crainte de ne pas retenir l'attention des autres membres du conseil. Ils comprenaient tous que c'était bien dur de lire tous ces grands mots quand on avait un difficile parcours de golf qui vous attendait.

Il survola rapidement les deux feuillets dactylographiés. C'était très bien, apparemment. Tous les mots importants étaient soulignés et Miss Holmes avait laissé des blancs là où il devrait prendre un temps. L'affaire serait liquidée en dix minutes.

Blake fit un petit signe de tête cordial à Miss Holmes qui servait du café aux membres du conseil. Harriet Holmes rougit. Elle n'avait besoin d'autres remerciements que ce bref hochement de tête de Mr Blake. Radieuse, elle continua de verser le café de la cafetière d'argent dans les tasses posées devant les douze illustres personnages.

— Délicieux, Harriet, dit un homme distingué aux cheveux blancs, plusieurs fois milliardaire.

— Un café idéal, approuva un autre monsieur, président de la Société Philanthropique de Miami, qui avait dîné une fois à la Maison-Blanche.

— Merci, murmura humblement Harriet.

Les grands hommes, ceux qui avaient réellement réussi, appréciaient toujours les petites choses. Elle alla s'asseoir sur son tabouret, dans le coin, pour prendre en sténo sans faute les minutes de la séance.

— Messieurs ! commença Blake.

— Foutrement fantastique ! s'exclama le président de la Société Philanthropique de Miami.

— Plaît-il ? demanda Blake du haut de la table.

— Le café ! rugit Philanthropique de Miami en abattant son poing sur sa tasse et sa soucoupe dans un éclatement de débris de porcelaine. Allez, encore une tasse, nom de Dieu !

— Certainement, monsieur, dit Harriet en se levant vivement.

— Et un petit coup par ici aussi ! cria le monsieur distingué aux cheveux blancs qui, à la consternation de Harriet, grattait nonchalamment ses parties intimes.

— Par ici, bébé ! glapit un petit bonhomme chauve au bout de la table.

Harriet s'escrima comme un derviche pour remplir toutes les tasses pendant que son patron s'efforçait vaillamment de lire sa déclaration.

— Messieurs, dans l'ensemble nos bénéfices trimestriels...

— Où est le foutu café ?

— Je suis en train d'en refaire, monsieur, gémit humblement Harriet, de la porte.

— Les bénéfices trimestriels...

— Au cul les bénéfices ! Qu'on apporte le jus !

— Messieurs...

— Va te faire cuire un œuf, Blake, conseilla le bonhomme chauve sans cesser de se mettre consciencieusement les doigts dans le nez.

La réflexion fut saluée par de gros rires tout autour de la table. Blake considéra la scène avec une calme détresse. Ces douze hommes, normalement aussi efficaces et pressés que lui, étaient vautrés sur leurs chaises et déconnaient comme une bande de pique-niqueurs du dimanche, en manches de chemise, la cravate en berne. Deux ou trois étaient tellement détendus qu'ils s'endormaient. Blake fit encore un effort :

— Messieurs...

L'homme de Miami Philanthropie fit avec sa bouche un bruit très malsonnant. Avec un soupir de résignation, Blake se rassit et goûta son café froid.

Le golf devenait de plus en plus illusoire. Neuf trous, peut-être, s'il arrivait à se débarrasser d'ici une demi-heure de cette bande de cinglés du café.

Il dut reconnaître que ce café était excellent. Il en but encore une gorgée. Indiscutablement, Harriet savait s'y prendre pour faire bien démarrer une matinée.

— Ah merde, c'est drôlement bon, ça, dit-il après avoir récupéré la dernière goutte au fond de la tasse, du bout de la langue.

— Tu l'as dit, bouffi ! cria le milliardaire aux cheveux blancs avant de se moucher bruyamment dans un mouchoir au monogramme brodé main. Mais qu'est-ce qu'elle fout, Harriet ?

Les autres reprirent en chœur la question.

— Ça vient, messieurs, ça vient, pépia-t-elle en se hâtant dans le couloir avec sa cafetière débordante.

La salle de conférence était en pleine pagaille. Plusieurs membres étaient allongés sur la table d'acajou et ronflaient béatement. Les autres se balançaient sur leur chaise, se grattaient et marmonnaient des mots sans suite. Quand elle entra, Drexel Blake se leva en chancelant et se jeta sur elle. Il lui arracha la cafetière des mains et avala tout le contenu, parmi les faibles protestations de quelques autres.

Puis, avec un large sourire, il tomba par terre et ne bougea plus.

A 10 h 00, tout le Conseil d'Administration dormait profondément.

A 10 h 30, Harriet Holmes alerta l'infirmière de la société qui prescrivit de l'aspirine.

A 11 h 00, Harriet téléphona aux épouses du

Conseil d'Administration pour qu'elles viennent emporter leurs maris respectifs.

A midi, attablée au restaurant du coin avec sa meilleure amie Ann Adams, Harriet était trop épuisée pour manger. Pendant qu'Ann se gavait de lasagnes et de bourgogne, Harriet avala deux tasses de café noir.

— C'est la chose la plus bizarre que j'ai jamais vue, dit-elle en racontant les singuliers événements de la matinée. Tous ces types qui se grattaient et qui reniflaient, et ronflaient, et criaient, et le pauvre Mr Blake à plat ventre sur le tapis d'Orient !

— On dirait que quelqu'un a bou un cul de trop, pouffa Ann en répétant sa phrase favorite.

— Mais c'était le début de la matinée !

Harriet vida sa seconde tasse de café et harponna la serveuse pour en avoir une troisième, qu'elle vida de même avec l'habileté d'une longue habitude. Elle s'essuya sauvagement le menton, poussa un grand soupir et, les yeux vitreux, déclara résolument :

— Eh bien, merde !

— Harriet !

— Cha, ch'est une chacré tache de café !

— C'est trois, rectifia Ann. Tu devrais faire attention. Tu ne vas pas dormir de la nuit.

Harriet répondit par un mot retentissant.

— Ouais, dormir.

Sur ce, elle s'allongea sur la banquette.

— Harriet ! Harriet ?

— Je me repose juste un petit peu, mon chou, marmonna Harriet en glissant de la banquette par terre.

Ann Adams ne termina pas son déjeuner. Après avoir versé son amie dans un taxi, elle retourna à son bureau de la First National Bank & Trust Company, où le responsable des prêts était étalé en travers de son bureau. Elle appela un des gardes pour le faire enlever, mais le garde était occupé à mouiller son pantalon près de la caisse. Elle essaya d'alerter le directeur de la banque mais il était parti pour une réunion de petit déjeuner d'affaires et n'était pas revenu.

Ann Adams s'octroya le reste de la journée.

Chez elle, elle dégagea méticuleusement sa table de cuisine et y disposa trois feuilles de papier blanc et deux stylobilles.

La chose devait faire l'objet d'un rapport. C'était son devoir. Elle n'aimait pas préparer ces rapports. Ils lui rappelaient les films qu'elle avait vus sur la Russie communiste, où on espionne ses amis et tout ça, où on les dénonce à la Police de la Pensée.

Mais elle savait bien que le gouvernement américain n'était pas du tout comme la Police de la Pensée. Les gens qui recevaient ses rapports ne jetaient personne en prison ni rien. D'ailleurs, personne n'avait l'air d'en faire grand-chose, de ces rapports.

Depuis vingt ans, Ann Adams recevait un chèque mensuel du Trésor des États-Unis en échange de rapports sur toute activité insolite à la banque où elle travaillait ; pourtant, jamais aucune suite n'avait été donnée. Quand elle avait révélé les turpitudes de la petite blonde des prêts-aux-moyennes-entreprises avec un des jeunes comptables, le gouvernement n'avait pas exprimé le moindre intérêt. Même chose pour les dix pages qu'elle avait écrites sur sa voisine du dessus qui abritait secrètement dix chats dans son appartement. Ce n'était pas une affaire de banque, mais quelqu'un qui gardait dix chats, en ville, devait être signalé. Là encore, le gouvernement n'avait pas levé le petit doigt.

Il y avait eu, naturellement, l'incident du vice-président de la First National qui avait détourné dix-huit mille dollars avant qu'Ann Adams le repère. Ça, c'était une drôle d'histoire. Elle s'était d'abord adressée au président de la banque qui lui avait répliqué qu'elle devait se tromper. Alors elle avait écrit un rapport. Comme d'habitude, aucun policier n'était accouru pour arrêter le vice-président. Elle doutait sérieusement que ses rapports étaient lus par quelqu'un au ministère du Trésor.

Et puis il s'était passé quelque chose de bizarre. Trois jours après l'envoi de son rapport, le vice-président marron s'était constitué prisonnier et avait restitué tout l'argent, les dix-huit mille dollars plus les intérêts. Et cette même semaine, le président de la banque avait pris sa retraite pour raisons de santé et il était allé ouvrir une station-service à Key West. C'était une très curieuse coïncidence et ça prouvait bien que la Providence ouvrait l'œil alors que le gouvernement fédéral fermait les siens.

Mais, utiles ou non, les rapports au gouvernement faisaient partie du devoir patriotique d'Ann Adams. Et les chèques mensuels permettraient de joindre les deux bouts si la First National faisait faillite, ce qui paraissait imminent à en juger par l'état du siège.

Ann organisa ses pensées. La singulière histoire de Harriet Holmes sur le conseil d'administration d'International Imports, l'incroyable comportement de Harriet à déjeuner, les manigances insolites à la First National, tout cela devrait figurer dans le rapport. Elle ouvrit une boîte de café neuve, s'en fit une grande cafetière et se mit à écrire.

Trois heures plus tard, elle en était toujours au

premier paragraphe. Elle essayait de se concentrer mais sur la page tous les mots se confondaient. Elle avait du mal à garder les yeux ouverts.

Bizarre, pensa-t-elle. Au lieu de l'empêcher de dormir, les six tasses qu'elle avait bues faisaient un effet opposé. Elle clapa mollement des lèvres et reprit son stylo. Mais ses doigts ne lui obéissaient plus, ils déchirèrent le papier et tracèrent de grosses lettres maladroites sur la table.

Il y avait là quelque chose qui n'allait pas, mais pas du tout. Ann Adams prit le feuillet déchiré avec son gribouillis indéchiffrable et tenta de le lire. Ça n'avait aucun sens. Rien n'avait de sens, ni le rapport ni sa vie. Ça, c'était plus important que la sale petite blonde des prêts-aux-moyennes-entreprises ou que le vice-président indélicat. Plus important, même, que la voisine criminelle aux dix chats. Il lui arrivait quelque chose, à son corps, à son esprit. Et la même chose arrivait à d'autres gens qui l'entouraient.

Réfléchis, Ann, se dit-elle, concentre-toi. Cet homme qui zigzaguait devant elle quand elle était rentrée à pied. Le commis de l'épicerie, sans connaissance dans les tomates. Dans les deux cas, elle avait conclu à l'ivrognerie, mais il y avait Harriet. Harriet ne buvait pas, pas même un doigt de porto à Noël, et pourtant elle avait eu l'air aussi rétamée que les autres.

Et maintenant, elle-même. Ann Adams, employée depuis trente ans à la First National Bank & Trust, confidente du gouvernement des États-Unis, voyait double, avait des démangeaisons partout et ne rêvait que de dormir pour ne plus jamais se réveiller.

Il y avait un numéro de téléphone. Il lui avait été donné vingt ans plus tôt par l'homme à la voix citronnée qui lui avait demandé de rédiger les rapports. Ce numéro, disait-il, ne devait être utilisé que dans les circonstances les plus graves. Un appel à ce numéro mettrait fin aux relations d'Ann Adams avec le gouvernement. Il n'y aurait plus de rapports après ce coup de téléphone, plus de chèques, toutes les communications avec son bienfaiteur inconnu seraient coupées. Pour des raisons de sécurité nationale, disait la voix citronnée. Autrement dit, ce numéro ne devait être appelé que dans les plus extraordinaires circonstances de patrie en danger.

Un fracas épouvantable fit vibrer les carreaux de la cuisine. En bas dans la rue, trois voitures s'étaient embouties de front, de plein fouet. De la fumée et de la vapeur montaient des épaves. Un avertisseur était coincé. Un par un, les trois conducteurs s'extirpèrent de leurs véhicules cabossés, en bâillant et en s'étirant, en se remarquant à peine mutuellement alors que la circulation était arrêtée et que le bouchon s'épaississait derrière eux. De temps en temps, un avertisseur retentissait dans le gémissement de celui qui était coincé. En se penchant, Ann Adams remarqua que beaucoup de conducteurs paraissaient assoupis à leur volant.

— Patrie en danger, marmonna-t-elle tout haut en fouillant dans ses dossiers bien ordonnés pour trouver le bout de papier jauni avec le numéro en question.

Au moment de décrocher le téléphone elle hésita. Ce n'était peut-être pas une affaire de patrie en danger. C'était peut-être simplement une circonstance où tout le monde, à Miami, avait bou un petit cul de trop, y compris elle-même.

— Mais je n'ai rien bu du tout depuis le déjeuner ! s'écria-t-elle.

Ça y est, se dit-elle. Je perds la boule. Elle avait dû

boire, depuis l'unique verre de bourgogne à midi, raisonna-t-elle. Rien d'autre ne pourrait provoquer les curieuses sensations qui l'envahissaient comme des vagues d'euphorie. Elle était peut-être une alcoolique secrète, si secrète qu'elle n'en savait rien elle-même. Elle avait lu un truc comme ça dans un magazine. La multiple personnalité, ils appelaient ça. Elle souffrait peut-être de multiples personnalités et une Ann Adams qu'elle ne connaissait même pas était une poivrote.

Dans le fond, elle avait peut-être besoin de boire un coup.

Une idée lui vint.

— Hôpital ! dit-elle tout haut.

Elle tâtonna sur le cadran pour former fébrilement le numéro des urgences. Il sonna dix-sept fois. Elle raccrocha.

— Ils l'ont attrapé aussi, chuchota-t-elle, soudain effrayée.

La police ? Elle y songea, réfléchit et l'écarta. Qu'est-ce que la police ferait ? Elle la prierait de souffler dans un alcoolomètre pendant que le monde entier s'écroulait ?

Derrière la porte de son appartement elle entendit une longue suite de grands coups sourds qui semblaient se diriger vers son entrée. Affolée, en trébuchant, elle alla ouvrir sa porte, juste au moment où sa voisine du dessus, la dame aux chats, dégringolait des dernières marches de l'escalier en roulant sur elle-même pour finir par s'arrêter dans une position impossible sur le paillasson d'Ann Adams.

— Qu'est-ce qui se passe ? glapit-elle.

Un vieux monsieur, le mari de la dame aux chats, avançait à quatre pattes sur le palier du dessus.

— Sara ? appela-t-il d'une voix ensommeillée.

— Elle est ici en bas ! hurla Ann. Elle est tombée dans l'escalier. Je crois qu'elle est morte.

Le vieux monsieur releva la tête. Il était d'une blancheur mortelle.

— Mon chou, parvint-il à demander de sa voix pâteuse. Vous auriez pas du café ?

Ann Adams claqua sa porte. C'était bien une catastrophe nationale, un cas de patrie en danger. Elle devait trouver ce numéro. A côté du téléphone. Appeler ce numéro. Mais d'abord, empêcher la pièce de tourner. Si fatiguée.

Morte de fatigue. Une petite tasse de café, peut-être, pour que ça passe ?

— Pour que ça passe, pigé ? dit-elle en pouffant et elle avala tout le contenu de la cafetière.

Elle allait mieux. Quelque part, là dehors, au-delà des murs de son appartement, la patrie était en danger. Mais ça, c'était dehors. A l'intérieur, le monde devenait tout rose et tiède et ensommeillé. Encore une bonne cafetière de café pour la route et puis elle se coucherait.

Pendant qu'elle attendait que le café passe, un homme tomba lentement — très, très lentement, aussi lentement qu'elle respirait, une éternité pour chaque gracieuse révolution du corps en chute libre — du toit d'en face sur le trottoir où il atterrit avec un bruit mou.

— Encore un qui a bou un petit cul de trop, plaisanta-t-elle en agitant un doigt grondeur au corps inerte, huit étages plus bas.

Tandis qu'elle faisait un sort à sa seconde cafetière, des sirènes d'ambulances et de pompiers commencèrent à se faire entendre dans toute la ville.

— La patric est en danger, dit-elle gravement.

Il fallait téléphoner. Une morte gisait sur son

paillasson, il y avait un autre cadavre sur le trottoir devant son immeuble et c'était son devoir de téléphoner, même si la simple formation du numéro avait l'air d'une tâche insurmontable.

En bâillant longuement, elle déplia le bout de papier jauni, examina les chiffres jusqu'à ce qu'ils sortent un peu du brouillard et tourna le cadran.

— Vous êtes prié de vous identifier, répondit une voix métallique au bout du fil.

— Nnngggh.

— Vous êtes prié de vous identifier, répéta l'ordinateur.

— Adams, gémit-elle d'une voix de grenouille enrhumée. L'Abominable Annie Adams comme on m'appelle à la banque.

Elle entendit un bourdonnement de mécanique, et puis une voix humaine. Une voix citronnée et amère.

— Je vous écoute, Miss Adams.

— J'ai besoin d'un café.

— Voulez-vous répéter cela, s'il vous plaît ?

— Quoi ?

— Ce que vous venez de dire. Je n'ai pas compris.

— Qu'est-ce que j'ai dit ?

La voix bégaya un peu et demanda, avec colère :

— Miss Adams, avez-vous bu ?

— Non ! hurla-t-elle. Patte... patrie en danger. mais alors...

Elle laissa sa phrase en suspens.

— Miss Adams ?

— Cha doit être cha, marmonna-t-elle d'une voix qui parut terriblement lointaine à ses propres oreilles. J'ai bou un petit cul de trop...

Le téléphone lui échappa.

— Miss Adams ?... Miss Adams !

Mais Ann Adams n'entendit pas parce qu'à ce

moment elle avait perdu connaissance et glissé tranquillement dans la mort.

Tout comme Leith et Drexel Blake, Harriet Holmes et deux mille neuf cent trente et une autres personnes, aux États-Unis. Et l'épidémie ne faisait que commencer.

CHAPITRE II

Il s'appelait Remo et il faisait la course avec un camion. A pied.

Et il gagnait.

Le poids lourd était un camion de cornichons et les préposés au péage du pont George Washington se regardèrent avec un certain égarement quand une chose floue leur passa sous le nez le temps d'un éclair, sur la voie de droite en direction de New York.

— Une seconde, là, j'ai cru que c'était un type, dit un des préposés à son collègue du guichet voisin.

— Ouais, moi aussi. Ça doit être l'éclairage.

Le premier leva les yeux vers le ciel crépusculaire et hocha la tête sans conviction.

— Ouais, ça doit être ça.

— Et puis le boulot rend dingue.

Là-dessus, ils rirent tous les deux parce que le flou était passé à quatre-vingt-quinze à l'heure par le péage et avait même accéléré le temps que le camion passe ses vitesses. Et maintenant le flou était devant le camion et avait l'air de se transformer en boule. La boule se soulevait du sol, roulait au-dessus de la cabine du poids lourd et sur toute la longueur du toit de bâche et disparaissait derrière pour se glisser bien proprement dessous.

Remo termina sa rotation près de l'extrémité du pont et retomba à pieds joints. Il avait failli rater son coup quand il avait aperçu la tête du conducteur alors qu'il roulait sur le capot. Le routier ouvrait la bouche pour crier quelque chose à son collègue et Remo avait interrompu son élan pour passer la tête à la portière du côté du conducteur.

L'autre, un type dégingandé dont le teint venait de virer au gris, poussa un cri perçant. Le conducteur se contenta de regarder, d'un œil fixe et vitreux, l'apparition sur son capot, en formant mollement un « O » de ses lèvres exsangues.

Des avertisseurs avertirent. Plusieurs voitures s'écartèrent en dérapant quand le camion de cornichons braqua vers les voies de gauche. Remo allongea le bras et empoigna le volant.

— Qui... qui vous êtes ? bredouilla le routier.

— Je suis ta conscience, répliqua Remo. Qu'est-ce qu'il y a à l'arrière de ton gros cul ?

Le conducteur inspira profondément et grommela :

— Des cornichons.

— C'est drôle. Je ne savais pas qu'on faisait des cornichons dans le réacteur nucléaire de Jersey.

— C'est des cornichons spéciaux, gronda le routier d'un air belliqueux.

Le passager se pencha devant le conducteur pour mieux voir Remo, qui était accroché à la portière d'une main, les jambes allongées contre le flanc du camion.

— Eh dis, comment c'est qu'il fait ça ? chuchota-t-il à son copain.

— Ta gueule, rétorqua le copain et il lui donna un

coup de coude en montrant Remo. Il est pas pour de vrai. Il le dit lui-même.

— Tout ce que tu veux, mon neveu, dit aimablement Remo.

Le conducteur devint tout à fait menaçant.

— Ouais ? Eh bien, ce que je veux, moi, c'est que tu te tires de mon camion sans ça je m'en vais rouler près de ce collègue.

Du menton, il désignait un mastodonte, un seize-roues roulant dans la file de gauche. Il accéléra dans un grincement de vitesses et le rattrapa.

— Maintenant tu descends, sans ça je me rapproche encore, je roule tout contre ! grinça-t-il.

— Comme ça ?

Remo donna un coup de volant. Le camion de cornichons fit une embardée vers le seize-roues. Un hurlement plaintif de corne de brume émana du monstre mais fut aussitôt couvert par les cris affolés des occupants du camion aux cornichons.

— On est morts, Sam ! glapit le passager.

— Ta gueule !

Sam se débattait pour arracher son volant à Remo. Il tapa des deux poings sur les poignets épais, jusqu'à ce qu'il ait l'impression que tous les os de ses mains étaient cassés. L'étreinte de Remo ne se relâcha absolument pas.

— Vous savez ce qu'il y a là derrière ? hurla le passager, en transpirant à grosses gouttes. On va tous sauter !

Il ferma les yeux et attendit la fin du monde.

Sur ce, en un clin d'œil, Remo disparut. Le conducteur donna un coup de volant juste à temps pour éviter la collision avec le seize-roues.

— Où il est passé ?

Le conducteur déboutonna son col et toussa faiblement.

— Retournons, Sam. J'aime pas ça, implora son copain.

— Ta gueule.

— Mais...

— Écoute, il fait déjà nuit. Tout ira bien. Et d'abord, plus vite on sera débarrassé de cette merde, plus vite je serai content !

Remo était dans l'obscurité, à l'arrière avec la cargaison du camion, et il était ravi. Dans l'ensemble, le travail de tueur à gages est terriblement solitaire. Il n'avait guère d'occasions de rigoler dans le boulot.

Naturellement, son maître Chiun se plaignait que Remo s'amusait beaucoup trop, étant donné la dignité de sa fonction de premier assassin officiel des États-Unis. Depuis quelque temps, Chiun se plaignait encore plus aigrement que d'habitude du manque de pureté des mouvements de Remo, et même si lesdits mouvements étaient plus purs que ceux de n'importe quel être humain à l'exception de ceux de Chiun, Remo était sûr de se faire passer un sacré savon pour avoir fait l'imbécile avec le conducteur de cornichons alors qu'il aurait dû s'appliquer à tuer l'individu.

Là au milieu des barils de déchets nucléaires, à l'arrière du camion, Remo essaya d'oublier la rigolade et de se concentrer sur l'assassinat.

Cela le déprima. Tuer, c'était ce que Remo faisait pour gagner sa vie et cela n'avait aucune fascination pour lui. Il n'arrivait pas à comprendre pourquoi c'était un des sujets favoris éternels du reste du monde, au point que des milliers de personnes s'ajoutaient chaque année aux déplorables rangs des tueurs amateurs. C'était de la folie. Si tuer n'avait pas été le gagne-pain de Remo, il ne l'aurait certainement pas choisi comme passe-temps.

Mais d'autres, si. Tuer son prochain, c'était un sport que la race humaine pratiquait depuis que le premier anthropopithèque buveur d'eau croupie s'aperçut que les pierres et les gros bouts de bois pouvaient être utilisés pour abattre d'autres anthropopithèques et les priver de l'usage de la respiration.

Certaines personnes tuaient encore ainsi. Les hachettes, les matraques, les pistolets à air comprimé, les mortiers, les bombes qui traînaient une fumée bleue puante et explosaient à trois cents mètres de l'objectif, tout ça c'était des méthodes pour tuer, tout inefficaces qu'elles fussent. C'était des machines à un coup, de petites vieilles dames qui, de dépit, ruminaient une vie entière et descendaient d'anciens amoureux dans une crise de passion. Des jeunes gens au chômage qui n'avaient jamais appris la table des sept. Des soldats de métier qui se glorifiaient de la virile décimation d'importants groupes de populations inconnues. Des cinglés pas bien dans la tête qui prenaient leur pied en égorgeant des travelos discos adolescents. Des gendarmes, des voleurs et des chefs indiens. Et des gangsters, qui tuaient suivant un code par lequel le seul gibier autorisé était les individus qui s'arrangeaient pour les empêcher d'arriver à leurs fins. Ça, au moins, pensait Remo, c'était de l'assassinat civilisé. Mais ça faisait très longtemps que le gang fournissait aux gens des caleçons en ciment. Y a pas à dire, l'expérience, ça compte dans cette tranche-là.

Et puis il y avait le meurtre sanctionné. Les Croisés, qui assassinaient pour Dieu. Les chevaliers du Moyen Âge qui tuaient au nom de noblesse oblige, en embrochant les paysans d'une manière élégante. Les grands inquisiteurs d'Espagne, qui massacraient pour aiguillonner la créativité de l'imagination humaine. Sans parler des Romains, des Egyptiens, des Chinois, des Nazis et des Bolcheviks qui avaient tous réussi à trouver leur propre manière de tuer et savaient exposer les raisons pour lesquelles c'était très bien de tuer quand c'était eux qui tuaient.

N'importe qui pouvait tuer. N'importe qui tuait. Mais personne ne tuait comme Remo. Il était aux meurtriers ce qu'Escoffier était aux cuistots de fast-food. Il était tout aussi artiste dans son genre que Paganini, Rembrandt, Eliot, Fabergé ou Ray Charles dans le leur. Il pratiquait l'assassinat comme un artisan de la Renaissance, sous l'œil vigilant du maître Chiun. Il lui avait fallu des années d'apprentissage pour perfectionner son art. Demandez donc à votre tueur à gages du coin s'il a passé des années à perfectionner son art ! Guère ! De nos jours, l'assassinat est aussi brutal et désordonné qu'un lundi matin à l'abattoir. Et c'est sans grâce. Ça n'a pas de style. Comme dirait Chiun, il n'y a aucune tradition d'assassinat en dehors de Sinanju, le minuscule village coréen dont les habitants ont créé et patiemment développé l'art au cours des millénaires.

Un mot sur Sinanju. A part sa production des tueurs les plus extraordinaires que le monde a jamais connus, le village ne sert strictement à rien. C'est un village de pêcheurs que les poissons ont cessé de visiter il y a des siècles, entouré de falaises et soumis à un climat perpétuellement maussade. Ses habitants, bien qu'Orientaux, sont totalement dépourvus de la dextérité particulière à cette race. « Made in Korea » ne veut pas du tout dire « fait à Sinanju ».

Rien, de quelque valeur que ce soit, n'est jamais fait à Sinanju, à l'exception d'un bébé tous les cent ans et quelque. Ce bébé, confié aux bons soins du Maître régnant de Sinanju, apprend les secrets de la source solaire des arts martiaux, dont les formes abâtardies sont le tae kouan do, le karaté, l'aikido et le jiujitsu. Mais une seule personne par siècle apprend les vraies méthodes de Sinanju.

Et quand ce bébé devient lui-même Maître de Sinanju, il part, selon la tradition de ses ancêtres, pour faire vivre le village de la seule manière acceptée par la population, en louant ses talents aux souverains d'autres pays. Ainsi, Sinanju a conservé sa tradition, qui est de n'avoir aucune loyauté, aucun parti pris chauvin, aucune morale politique.

Jusqu'à ces derniers temps. Car l'apprenti naturel de Chiun, Nuihc, s'écarta des traditions de Sinanju et devint en conséquence inacceptable à l'entraînement. Alors le Maître de Sinanju, d'un âge avancé, dut continuer de louer ses services, sans apprenti pour le remplacer plus tard.

Ainsi, lorsqu'une offre fut faite à Chiun, Maître de Sinanju, de travailler non comme assassin officiel mais comme professeur d'un élève qui apprendrait les méthodes de Sinanju, à la manière d'un apprenti naturel, Chiun accepta.

L'offre venait d'Occident, des États-Unis d'Amérique. Car il existait dans le gouvernement des États-Unis une sinécure secrète, une organisation appelée CURE, connue de trois personnes seulement : le président des États-Unis, le directeur de CURE et Remo, l'arme d'exécution de l'organisation.

CURE avait été créée sous les ordres d'un président, mort depuis longtemps, pour lutter contre le crime par des moyens échappant à la Constitution.

Elle avait été organisée par un expert en ordinateurs, un ancien agent de la CIA du nom de Harold W. Smith. Smith avait engagé Chiun non pour tuer mais pour apprendre à tuer à Remo.

Le choix de Remo, comme élève de Chiun, se fit presque par hasard quand un jeune gardien de la paix avec de bons états de service au Vietnam attira, on ne sait pourquoi, l'attention des ordinateurs du docteur Smith. A partir de là, tout ce qui se passa n'eut absolument rien de déontologique ni même de légal, comme pour créer un précédent au genre d'activités extrêmement illégales de CURE.

Le policier fut accusé d'un crime qu'il n'avait pas commis et condamné à mourir sur une chaise électrique qui ne marchait pas.

Le lendemain de sa mort supposée, le policier se réveilla dans une clinique privée, un sanatorium appelé Folcroft, à Rye, dans l'état de New York. Folcroft était une maison de santé ordinaire, sauf que les bureaux de la direction abritaient les ordinateurs les plus sophistiqués du monde et que son directeur n'avait absolument rien à voir avec des histoires de santé. Il s'appelait quand même « docteur » (en quoi, allez savoir), le Dr Harold W. Smith.

Smith présenta Remo au véritable Oriental qui devait être son moniteur. Tout de suite, le vieil Oriental considéra le jeune policier sans identité comme un mangeur de viande gras et blanc, bien incapable d'assimiler la difficile discipline de Sinanju. Mais en échange d'un sous-marin bourré d'or à livrer chaque année au village de Sinanju, la mission serait tentée.

Ainsi, Remo Williams devint le successeur du

Maître de Sinanju et un des deux plus grands tueurs du monde entier.

Et maintenant, ce grand tueur examinait les couvercles de douze récipients de métal marqués « Cornichons Hickle », qui tressautaient et se cognaient à l'arrière d'un camion bâché serpentant dans la circulation dense de Manhattan, en sachant que leur contenu était un milliard de fois plus fort que lui.

La vue, de l'arrière du camion, passa des immeubles de bureaux de la Septième avenue aux élégantes résidences de la 59e rue. Puis le poids lourd tourna à gauche et le paysage changea encore, devint d'étroites allées piétonnières bordées d'arbres. La brise du soir agitait les feuilles, qui commençaient à tomber.

Remo sut où il était. Il n'y avait qu'un endroit de Manhattan qui soit désert à la nuit tombante, Central Park. Autrefois, il y avait bien longtemps, les gens avaient l'habitude de se promener dans le parc, par les belles soirées comme celle-ci, mais c'était avant que les attaques à main armée deviennent un passe-temps municipal.

La police ne traînait jamais beaucoup dans le parc, sauf pour la rafle annuelle contre les revendeurs de drogue du samedi après-midi, ce qui fait qu'elle ne faisait pas partie du décor. Le parc était une zone démilitarisée, entre les assaillants et les assaillis, et comme les assaillis non violents avaient évacué le territoire, les assaillants n'avaient plus de raison valable de protéger leur coin de terre. A présent, personne à part les fous à lier ne s'aventurait la nuit dans Central Park.

Mais les routiers des Cornichons Hickle n'étaient pas d'authentiques malfrats venus prendre l'air. Et les barils qui dansèrent le shimmy à l'arrière, quand le camion s'arrêta brusquement, n'étaient pas là pour la balade.

Remo sauta rapidement à terre et alla attendre derrière un arbre. Le camion était arrêté en haut d'une petite côte dont le versant descendait vers un petit lac qui sentait le soufre.

Remo devina qu'à l'époque où ces New-Yorkais disparus se promenaient sous les frais ombrages, avant l'invention des systèmes d'alarme hurleurs, leurs enfants pataugeaient dans ce lac. Maintenant, le bassin était en plus triste état encore que le parc. Sa surface était couverte d'une épaisse couche de mousse verdâtre ponctuée par quelques centaines de boîtes de bière et d'un arc-en-ciel d'épaves diverses. Dans la nuit tombante, la présence du lac était plus olfactive que visuelle ; il empestait comme si toute l'armée russe y avait campé et en était morte.

Les New-Yorkais ne se plaignaient pas du petit lac parce que le nez est un organe délicat et, à New York, il cesse de fonctionner chez les humains à l'âge de deux ans. D'ailleurs, raisonnait la municipalité, les fous à lier se moquaient de l'odeur.

— Tu vois, Ben ? dit le conducteur. Je t'ai dit qu'il ne serait pas là.

— Ouais, Sam, marmonna Ben en hochant vigoureusement la tête.

— C'était juste un cinglé.

— Un sacré cinglé, oui.

— Sors le diable.

— Oh, je ne crois pas que vous aurez besoin de ça, dit Remo.

Il arracha le diable des mains de Ben et le lança dans les branches des arbres. Ben hurla.

— Sans blague ! protesta le conducteur.

— Écoutez, Sam, lui dit Remo d'une voix très lasse, ça fait trois jours que je n'ai pas dormi. J'ai essayé d'être gentil, vous n'avez pas l'air de le comprendre. Vous savez qu'il y a des déchets nucléaires dans ces barils et vous savez que si vous les jetez en plein milieu de Manhattan, vous allez contaminer toute l'île. Les aliments, l'eau, la terre...

— Rien du tout, grommela Sam avec obstination. Je fais que mon boulot. Et si vous vous figurez que ce lac n'est pas déjà pollué, c'est que vous n'avez pas de nez au milieu de la figure. Personne ne remarquera rien.

— Là n'est pas la question.

— Sans blague ? Alors qu'est-ce que c'est la question, hein ?

Remo leva les yeux au ciel. Il était fatigué. L'état du lac l'attristait. New York l'attristait. Le monde. La vie. Il désespérait des Croisades. Tuer, c'était une carrière qu'il n'aurait jamais dû embrasser. Et la perche tendue de Sam était trop bonne pour la laisser passer.

— Voilà la question, dit-il en saisissant l'homme par la cuisse pour le suspendre la tête en bas au-dessus du récipient métallique de déchets radioactifs. Là sous votre crâne.

Ah, raison, où as-tu pris ton vol ? pensa Remo en forant un trou dans le couvercle avec le nez de Sam.

— Ah merde ! Sam ! Ça va ? demanda Ben en tremblant.

Sam ne répondit pas. Ses épaules suivirent sa tête dans le petit trou et disparurent. Son torse en fit autant, puis ses jambes, ne laissant qu'une paire de souliers éculés sur le couvercle. Au bout d'un moment, les souliers s'agitèrent et se séparèrent. Un crâne blanc bien propre apparut entre eux.

— Arrrggggh, gargouilla Ben.

— A vous ? demanda Remo.

— Faites pas ça, Monsieur, souffla Ben. Dites-moi simplement ce que vous voulez.

— J'espérais que vous diriez ça.

— Pour... pourquoi ? hasarda Ben.

Remo contempla les restes de Sam dans le baril de déchets.

— Vous savez, ce n'est plus drôle.

— Tant mieux, murmura Ben. Vous voulez que je ramène le camion à l'usine ?

Remo secoua la tête. Il disposa le crâne du mort de manière à bien l'emboîter dans le trou du baril et le cala soigneusement avec des cailloux et des feuilles mortes.

— Là. Ça devrait le tenir un moment...

Des corvées. Quand on se met à réfléchir sur l'acte de tuer, ça ne devient qu'une corvée de plus.

— Autant laver des carreaux, dit-il d'un air découragé.

— Ah dites, c'est une idée, ça ! approuva Ben.

Remo le jeta dans la cabine du poids lourd. Puis il hissa à l'arrière le baril contenant les restes de Sam et s'installa au volant.

— Nous allons à la police, annonça-t-il.

Ils roulèrent en silence jusqu'au premier commissariat venu. Ben s'éclaircit la gorge.

— Excusez-moi, coassa-t-il.

— Quoi ?

— Vous allez dire aux flics que vous avez tué Sam ?

— Quelle heure est-il ?

Ben regarda sa montre.

— Sept heures et demie.

— Pas le temps, je vais être en retard au ballet.

— Ah, fit Ben en glissant vers la portière.

Soudain, sans avertissement, Remo sauta par la vitre baissée de la cabine et atterrit à pieds joints dans l'obscurité. A travers le pare-brise obscur, il vit Ben saisir fébrilement le volant et arrêter le camion devant les portes du commissariat.

— Ho dites ! glapit-il. Ils vont croire que j'ai fait le coup !

Ben voulut ouvrir sa portière et descendre mais il en fut empêché par deux flics costauds qui tournaient avec curiosité autour du véhicule.

— C'est ça le show-biz, trésor, lança Remo en disparaissant dans une ruelle.

Tuer, c'était l'enfer.

***

Lincoln Center étincelait, illuminant les magnifiques fontaines de la cour. Une minuscule silhouette en kimono de brocart vert allait et venait entre les colonnes devant le théâtre. Ses cheveux blancs formaient un léger nuage au sommet de sa tête et de longues mèches pendaient de sa lèvre supérieure et de son menton.

Chiun avait quelque chose entre quatre-vingts et cent ans, mais quand il souriait il avait l'air d'un enfant impatient.

— J'aime cet endroit, dit-il en levant le bras vers l'imposant édifice et son élégante clientèle. Ça fait du bien d'être enfin dans un environnement convenant à une personne de mon rang.

— Ouais, marmonna Remo. Au poil.

— Qu'est-ce que tu as, être sans culture ? La perspective d'améliorer ton esprit t'est peut-être déplaisante ? Tu préférerais sans doute te gaver de hot-dogs en reluquant les pis de femelles blanches ?

Remo grogna.

— Ô merveille ! Ça parle.

— J'en ai marre de tuer.

— Ah ! fit avec sagacité le vieil Oriental. Cela, je le comprends.

— Ah oui ?

— Bien sûr. Quand on pratique l'art de l'assassinat comme tu le pratiques, on est forcément désillusionné. Mais ne te chagrine pas, mon fils. Tu t'amélioreras avec un peu de pratique. Dix, quinze ans. Pour ainsi dire du jour au lendemain, dit gentiment Chiun en tapotant l'épaule de Remo.

— Ce n'est pas ça, petit père. J'en ai simplement assez de tuer des gens pour gagner ma vie. Je ne veux plus faire ça.

Chiun haussa un sourcil.

— Et que comptes-tu faire, depuis cette grande révélation, si je puis me permettre la question ? Vendre des machines à laver ?

Dans le foyer, les lumières clignotèrent pour annoncer qu'il était temps d'entrer dans la salle.

— Je ne sais pas. Mais je ne vais plus tuer personne. J'ai réfléchi.

Chiun soupira en s'installant sur son fauteuil dans la position du lotus.

— Je m'en doutais.

— Vous vous doutiez de quoi ?

— Que tu as réfléchi. C'est comme l'assassinat et l'amour, la réflexion est une activité qui ne doit être entreprise que par ceux qui savent l'exécuter correctement. Dans ton cas, tu dois t'en tenir à l'assassinat...

— Très drôle.

— ... et sous surveillance.

Remo s'assit à sa place en pensant qu'il lui faudrait annoncer sa décision à Smith, à l'entracte. Jusqu'alors, il avait le temps de faire un somme. Le premier acte de *Giselle* n'était pas mauvais, pour piquer un petit roupillon, et il était mort de fatigue.

— Honteux, grommela Chiun dès que le rideau se leva.

Remo entrouvrit péniblement un œil.

— Hein ?

— Ce n'est pas de la danse. Où sont les éventails ? Et les longs rubans ?

— C'est du ballet, expliqua Remo. C'est autre chose que les danses coréennes. Ils se servent de leurs pieds.

— Une honteuse exhibition de jambes. Les filles devraient avoir plus de pudeur. Regarde celle-là avec la petite veste blanche. Des volants au col et pas de jupe. Elle n'est féminine qu'autour du cou.

— Où ça ?

— Sur la scène. Une exhibition charnelle. Et de grosses jambes. Des jambes blanches. Qui voudrait d'une femme pareille ?

— Ce n'est pas une femme, Chiun. C'est un homme.

— Un homme ? Sans pantalon ?

— Chut, petit père.

Le vieil Oriental se retourna.

— Pourquoi ? Tu as peur que je réveille quelqu'un ?

Remo regarda de tous côtés. Effectivement, près

de la moitié du public paraissait dormir. Il se tordit le cou pour regarder à l'orchestre. Mille têtes dodelinaient en cadence et des ronflements sonores rivalisaient avec la musique.

— Tout le monde roupille, chuchota-t-il.

— Qu'est-ce que tu veux ? Même la perte de connaissance est préférable à l'odieux spectacle de ces jambes.

— Il se passe quelque chose de pas chrétien, par ici, déclara Remo.

A l'entracte le rideau tomba au son de rares applaudissements. La salle se ralluma et quelques personnes se traînèrent dans les travées. La plupart des spectateurs restèrent vautrés à leur place.

— Allons chercher Smitty, dit Remo.

Smith était au buffet, à l'étage du premier balcon. Remo et Chiun eurent du mal à s'approcher de lui parce que des gens ne cessaient de tituber devant eux.

— Hors de mon chemin ! ordonna Chiun quand un jeune couple lui rentra dedans sur chaque flanc.

— Pardon, dit le jeune homme avec une effroyable lenteur.

Sa bouche articula encore des mots mais seul un peu de bave en sortit.

— Répugnantes créatures. Blanches, naturellement.

— Il n'est pas le seul, murmura Remo.

Près de Smith, une élégante femme d'un certain âge, en taffetas vert, s'effondra mollement sur le tapis. A un mètre ou deux, un autre spectateur, un monsieur âgé tenant un gobelet de plastique, glissa lentement le long du mur et s'assit par terre.

— Mais qu'est-ce qu'ils ont, tous ces gens? marmonna Remo. Ils tombent comme des mouches aux premiers froids.

Smith s'avança vers eux, un gobelet de plastique à la main. Il avait la mine grave.

— Vous voyez ce qui se passe? demanda-t-il.

— Je le vois mais je ne peux pas y croire, répliqua Remo. C'est comme ça dans tout New York?

— Dans tout le pays, assura Smith. Les premiers rapports sont arrivés de Miami mais en quelques heures j'en ai reçu de toutes les grandes villes des États-Unis. Les hôpitaux sont pleins d'accidentés, des gens qui se sont endormis au volant. Le nombre des suicides a quadruplé.

— C'est peut-être un truc dans l'eau? hasarda Remo.

— Non. Nous savons malheureusement ce que c'est. Il y a eu suffisamment d'autopsies pour qu'il ne reste pas le moindre doute.

— Et alors?

Smith regarda autour de lui.

— De l'héroïne.

— De l'héroïne? répéta Remo ahuri. Tout le pays?

— On ne sait comment, une importante quantité d'héroïne a été introduite dans le public américain. L'épidémie a sauté toutes les barrières sociales et ethniques. Il n'y a pas de schéma précis, expliqua Smith et il but une gorgée de son café. Je ne vois malheureusement aucun moyen d'y mettre fin pour le moment, puisque nous en ignorons la source. C'est votre travail. Découvrez qui est responsable de ce complot, et comment il opère. Et ensuite, empêchez-le de nuire.

Remo se hérissa.

— Oui, mais justement...

— Je vous conseille de commencer par les filières connues de la drogue, dans la région de Miami, et ensuite de les suivre jusqu'au principal distributeur.

— Oui, mais...

— Mais quoi ?

— Eh bien... Notez que j'aimerais attraper ce salaud, tout autant que vous, seulement j'ai pris une décision. A propos de ma vie. Ou plutôt, de ma façon de gagner ma vie. C'est l'assassinat, Smitty, et... Smitty ?

Smith oscillait sur place, en regardant Remo avec des yeux vagues.

— Ça va, Smitty ?

Il ne répondit pas. Remo lui passa une main devant la figure. Il ne cilla pas. Lentement, son bras s'abaissa et le café coula en petites rigoles le long de son pantalon.

— Smitty !

Avec un murmure étouffé, Smith tomba à la renverse et resta allongé sans connaissance. Remo le souleva dans ses bras.

— Smitty a attrapé ça aussi, dit-il et il se pencha pour écouter le cœur de Smith. Je crois qu'il va aller. Il faut le ramener chez lui.

Il fourra Smith dans un taxi, donna au chauffeur une liasse de billets de cent dollars et l'envoya au nord de l'état de New York.

— Et maintenant ? demanda Chiun sous le halo de lumière d'un réverbère.

— Nous commençons par Miami.

— Je croyais que tu ne voulais plus travailler.

— J'ai dit que je ne voulais plus tuer.

Ils roulèrent en silence jusqu'à l'aéroport. Pourquoi, se demandait Remo, quelqu'un voudrait-il droguer toute la population des États-Unis ? Quelle que soit la raison, Remo avait la très pénible impression que l'affaire ne faisait que commencer.

CHAPITRE III

Miami avait l'air d'une ville fantôme. A part les ululements constants des ambulances, dans le lointain, et l'anormale prolifération d'épaves humaines, la grande cité paraissait abandonnée.

Remo marchait résolument sous les palmiers bordant le large boulevard. Un décret interdisant toute circulation sauf aux véhicules de première urgence donnait l'impression que toutes les artères étaient spacieuses.

Il savait très bien où il allait. Négligeant les grandes avenues, il s'engagea dans un dédale de ruelles, dans le quartier nord-ouest. Au fond d'une impasse, il y avait une enseigne crasseuse de cordonnier au-dessus d'une échoppe minable. Par la vitrine, Remo distingua un individu taciturne, avec une gueule de troisième couteau.

Si Remo avait bonne mémoire, il y avait dans le fond de la boutique un faux mur qui donnait sur un entrepôt rempli, par intermittence, d'importantes livraisons d'héroïne.

Les ordinateurs de CURE avaient débusqué cet entrepôt quelques mois plus tôt et Remo y était allé lui-même pour vérifier la marchandise mais n'y avait pas touché. Harold Smith préférait laisser au FBI les grosses rafles de drogue, alors le grand moment de Remo n'avait été qu'un coup de téléphone anonyme indiquant l'emplacement de l'entrepôt. Une rafle y avait été effectuée et l'héroïne saisie mais les Fédés n'avaient pas pris le temps de suivre la filière jusqu'au sommet et n'avaient arrêté qu'un petit pignon dans les grands rouages de la drogue, qui n'en savait pas plus que la moyenne des revendeurs de la rue.

Le véritable responsable, Johnny Arcadi, avait pris à l'époque toutes les précautions d'usage et il était tranquillement et visiblement en voyage au moment de la rafle, prenant la parole à un congrès de sous-traitants d'installations électriques à Detroit. Arcadi s'en tira blanc comme neige, comme d'habitude.

Les Fédés le surveillèrent pendant un moment, mais il avait tant de subordonnés à son service qu'il n'allait jamais plus à l'échoppe du cordonnier. Le FBI en conclut qu'il avait changé d'adresse. Harold Smith savait bien que non mais pour CURE, Arcadi n'était que de la petite bière.

Smith attendait, dans l'espoir que lorsque Arcadi le conduirait à l'échelon supérieur, sûrement un homme intouchable de par les lois démocratiques des États-Unis, il enverrait Remo. Pour achever les deux travaux d'une façon que la Constitution n'autorisait pas mais qui était la seule qui marcherait. Remo estima que le moment était venu.

Le cordonnier était assis sur un haut tabouret, derrière son comptoir, un mégot pendant d'un côté de sa bouche.

— Qu'est-ce que vous voulez ? grommela-t-il.

— Johnny Arcadi. Votre patron.

— Jamais entendu parler, déclara le cordonnier

qui n'avait de cal qu'au doigt servant à presser la détente. Qui veut le savoir ?

Il ôta la cigarette de sa bouche et abaissa lentement un bras derrière le comptoir.

— Je m'appelle Remo et, si j'étais vous, je ne prendrais pas ce pistolet.

— Quel pistolet ? railla le cordonnier.

A une imperceptible crispation de l'épaule droite de l'homme, Remo comprit qu'il enroulait ses doigts autour d'une arme.

Remo changea à peine de position, pratiqua un trou dans la façade du comptoir avec son talon et le pistolet vola dans les airs en trois morceaux. Par la même occasion, les épaules du cordonnier s'en allèrent s'écraser contre le mur du fond qui céda sous le poids. Remo franchit d'un bond le comptoir et sauta par le trou dans l'entrepôt, le cordonnier suspendu par le nez à sa main droite.

— Et maintenant, tu te rappelles qui est Arcadi ? demanda-t-il aimablement.

Le cordonnier gesticula avec sa langue. Le seul bruit qui sortit de sa bouche fut une espèce de miaulement nasillard.

— Ça veut dire oui ?

— Gna. Ouais.

— Téléphone-lui. Dis-lui que je veux lui parler. Ici. Dans cinq minutes.

— Gla, fit l'homme et Remo le posa par terre. Vous êtes un flic ?

— Non.

— Alors qu'est-ce que vous lui voulez, à Arcadi ?

Remo tendit deux doigts vers l'homme et pressa un certain point à la base de son cou, qui le convainquit que toute autre explication serait superflue.

— Il est dans sa voiture, bredouilla-t-il en décrochant le téléphone, les yeux collés sur les mains de Remo. Johnny, je crois que tu devrais venir ici. Un mec nommé Remo. Il dit qu'il est pas flic. Il veut que tu viennes ici comme qui dirait dans cinq minutes... Ouais... Faites excuse, patron... O.K.

Il raccrocha et déclara à Remo :

— Il dit comme ça que vous pouvez aller vous fourrer les bijoux de famille dans une machine à raviolis. (Il tendait les mains, la paume en l'air, dans un geste de défense.) Vous avez dit téléphonez. J'ai téléphoné. Mr Arcadi est avec une dame. Il viendra pas. Du moins pas maintenant, conclut-il en pouffant.

— Il va venir.

— Allez ah ! Ce truc des cinq minutes, pensez donc, ça ne marche pas avec Johnny Arcadi. Comme qui dirait qu'il est pas habitué à prendre des ordres de personne, si vous voyez ce que je veux dire.

— Il sera là, répéta Remo.

Il jeta un coup d'œil à la pendule, dans l'échoppe de cordonnier. Cinquante-huit secondes s'étaient écoulées.

— Comment vous savez qu'il viendra ?

— Disons que je suis voyant, déclara Remo.

— Ouais, mais s'il ne vient pas, hein ? Vous m'assassinez, hein ? Des fois que vous penseriez que ça ferait mourir Johnny de tristesse ou quelque chose ? Pah ! Ça va pas marcher non plus, ce coup-là. Vous me tuez, il s'en fout comme de l'an quarante !

— Je ne vais pas vous tuer. Je ne vais tuer personne.

L'homme frotta son cou, là où les deux doigts de Remo avait fait naître des vagues de douleur à mourir.

— D'accord. Tâchez de pas l'oublier. Mais il ne viendra pas.

— Il vient.

On entendit alors un dérapage de pneus au-dehors et un fracas de verre cassé. Cet ensemble de bruits fut suivi par la forme rebondie de Johnny Arcadi volant à travers le trou dans le mur.

— Je vous ai bien dit qu'il viendrait, dit Remo.

Le soulagement illumina les yeux du cordonnier.

— Johnny ! T'as pensé à moi ! Tu t'en es pas foutu ! Jamais j'oublierai ça, patron !

— Ta gueule, gémit Arcadi, en frottant son crâne chauve qui avait atterri sur le ciment du sol.

Une frêle apparition surgit du trou dans le mur, un petit nuage de cheveux blancs surmontant un kimono de satin jaune.

— Salutations, dit Chiun.

Les yeux du cordonnier passèrent d'Arcadi au vieil Oriental.

— Qui c'est le vieux Chinetoque ?

— Un cinglé, marmonna Arcadi en se relevant péniblement. Je suis là peinard, à mi-chemin du septième ciel avec une nana comme un dépliant de *Penthouse* et le viocque se radine et me replie les jambes en bretzel. Il me déboîte les bras. Il se sert de mon cou comme cible pour les fléchettes de ses petits ongles pointus. Putain de merde ! Vous êtes quoi, un fana de Bruce Lee ?

Arcadi s'épongea le front et Chiun répondit avec une grande dignité :

— Je ne fréquente pas de personnes prénommées Bruce.

Le cordonnier rigolait.

— Lui, il t'a passé à tabac ? Tu te fous de moi, Johnny ? Il pèse pas cinquante kilos !

— La nana ne me laissera plus jamais même la peloter, après ça... Dis donc tu te figures que tu ferais mieux que moi avec le vieux, hein, Duschnock ?

— Pas d'offense, patron, marmonna le cordonnier penaud.

— Je te pose la question. Tu crois que tu serais capable de te farcir le vieux Chinetoque, oui ou non ?

— Ma foi... Ouais, je crois que je pourrais. Sûr, affirma le cordonnier avec un sourire, puis il avisa Remo. Ah, j'y suis ! Vous, vous veillez sur le vieux, hein ? Je touche à un cheveu de pépé, là, et c'est ma cervelle qui saute !

— Quelle cervelle ? demanda Chiun, avec mépris.

— Je ne lèverai pas le petit doigt, promit Remo.

— Même si je le tue ?

— Je vous y invite.

— Il vous y invite, dit Chiun.

Remo lui effleura l'épaule.

— Ne le tuez pas, petit père, d'accord ?

Chiun serra les dents.

— Tu es impossible !

— Et vous, vous êtes mort ! cria le cordonnier. Il avança sur le frêle vieillard et lui tourna autour, les poings devant sa figure.

— Vous pourriez au moins lever les mains, dit-il avec un sourire.

— Pourquoi ? demanda Chiun. Vous n'avez jamais vu de mains ?

— C'est sûr que votre copain va pas s'en mêler ?

— Tout à fait sûr. Il a embrassé la non-violence.

— Et pas vous, hein ?

— Non. Pas moi.

— Bon, alors on y va. Ça, c'est pour ce qu'il m'a fait !

L'homme décocha une méchante droite vers le vieil Oriental. Elle passa à côté. Puis il y eut une brume de satin jaune, quelques halètements et finalement Chiun apparut dans sa position initiale, les mains glissées dans les manches de son kimono, l'expression sereine. A ses pieds se trouvait une forme sphéroïde ligotée par des nœuds de bras et de jambes.

— Il est mort ? demanda Remo.

— Non, répondit Chiun d'un air tout à fait dégoûté. Ça respire. Ça va continuer à respirer. C'est à peu près tout.

Arcadi poussa le cordonnier du bout du pied. La boule humaine roula un peu plus loin.

— Quel con ! grogna-t-il.

— Vous voulez parler ? demanda Remo.

— Ouais, bien sûr. Vous reprenez toute l'opération, si je comprends bien, dit Arcadi avec beaucoup de résignation.

— Et alors ?

— Alors à la vôtre. J'en ai marre, d'ailleurs. Les affaires. De la merde.

Il cracha un énorme glaviot vers la masse inerte qu'était le cordonnier.

— Ça ne va pas fort ?

— Pas fort, dites ? Vous rigolez ? Vous avez sous les yeux un homme ruiné. Vous vous figurez qu'on peut gagner sa croûte avec la loterie clandestine et les tapins ? C'est tout ce qui me reste. Prêt pour l'hospice, voilà ce que je suis.

— La loterie et les putes ? Je parle d'héroïne.

— Comme tout le monde, tiens donc ! L'héroïne, répéta le truand avec nostalgie, les yeux voilés de larmes. La horse. La noire. La H. Dans le temps, ça voulait dire quelque chose, l'héroïne. Des livraisons secrètes en haute mer. Des voitures spéciales avec les portières farcies de sachets. Des « stious » de compagnies aériennes avec quelques petits paquets dans leur popotin...

— Ouais, fit Remo en soupirant. Les hurlements des camés. Les rafles des stups. Des gosses de treize ans qui font le trottoir pour se payer leur dose.

— Exactement, murmura Arcadi avec un sourire rêveur. C'était le bon temps... Allons, faut se faire une raison. C'est de l'histoire ancienne.

— Qu'est-ce qui est de l'histoire ancienne ?

— Comme si vous ne le saviez pas !

— Je le sais peut-être et peut-être bien que non, dit Remo sans se compromettre. Dites toujours.

— Allez ah !

— Allez ah vous-même, Arcadi ! Tout le pays est en pleine vape. Bourré d'héroïne.

Arcadi renifla avec mépris.

— Qu'est-ce que ça veut dire, ça ? demanda Remo.

— Ah mince, vous êtes encore plus cons que vous en avez l'air. Pas étonnant qu'on vous ai désignés pour me faire fermer boutique. Vous savez rien de rien.

Lentement, il se dirigea vers le fond de l'entrepôt et souleva une caisse en bois.

— Permettez-moi de vous expliquer le topo.

Il jeta violemment par terre la caisse qui vola en éclats. Un gros sac en plastique de cinq livres, plein de poudre blanche, glissa par un des côtés crevés. Arcadi le ramassa.

— Ceci, dit-il en portant le sac à hauteur de son épaule comme s'il présentait une lessive à la télévision, est de l'héroïne de rue standard. Correctement coupée pour éviter les overdoses, puisque chacun sait que les camés sont des gros goulus dès qu'il s'agit de drogue et qu'ils forceront sur la piquouse avec autant d'héroïne pure que d'héroïne coupée et mourront, diminuant ainsi le nombre des clients.

— Ça va comme ça, la conférence, Arcadi.

— S'il vous plaît. J'explique, répliqua Arcadi, plissant un front studieux. Comme ce n'est pas de l'héroïne pure, ce sac a été évalué la semaine dernière à environ cent soixante mille dollars. Pas le trésor de la Sierra Madre, peut-être, mais enfin, de quoi vivre.

— Pourquoi la semaine dernière ? demanda Remo.

— Ah oui. Bonne question. Pourquoi disais-je que la semaine dernière ce petit paquet valait cent soixante mille billets verts ?

Il serra le sac entre ses mains, si fort que sa figure se congestionna et que ses membres tremblèrent. Il serrait les dents. Finalement le sac creva et un jet de poudre blanche recouvrit tout le sol de l'entrepôt.

— Parce que cette semaine ça vaut peau de balle ! hurla Arcadi et il déchira les lambeaux de plastique avec une frénésie de possédé.

Il s'attaqua de même à tous les autres sacs de la caisse brisée et envoya leur contenu voler au vent.

— La came est maintenant aussi démodée que la voiture à chevaux. Que les jarretières. Les jarretelles. Les paquebots. La télé en noir et blanc !

L'entrepôt n'était plus qu'un blizzard de poudre blanche qui les recouvrait et les transformait tous en apprentis pâtissiers tandis qu'Arcadi courait de caisse en caisse, les éventrait, déchirait les sacs d'héroïne et la dispersait dans tous les azimuts.

Chiun mit son index en tire-bouchon contre sa tempe. Remo alla se pencher sur Arcadi, assis maintenant sur un monticule de poudre étincelante, qui sanglotait, la tête dans ses mains.

— Allons, allons, ne vous laissez pas aller.

— Qui aurait cru ça possible ! gémit le gros trafiquant. Le prix de l'or, oui. Ça monte et ça descend tout le temps. Les diamants, d'accord, le sucre, les tableaux. Le dollar. La valeur de Cuba. Mais la dégringolade de l'héroïne ? Je suis ruiné, je vous dis. Fini. Un clodo. Je suis un clodo.

— Vous devriez peut-être essayer de respirer profondément, conseilla Chiun.

— Les putes et la loterie. Ça vous est arrivé d'essayer de gagner votre bœuf avec les putes et la loterie ? Va falloir que je me reprenne le commerce de blanchisserie.

— Les toxicos ne manquent pas, voyons, dit Remo pour le consoler. Plus que jamais, à ce qu'il paraît.

— Ouais ? Allez voir dans les rues ! Où sont les déchets de l'humanité qui traînaient dans les embrasures de portes et suppliaient des inconnus de leur donner de quoi se payer deux grammes ? Où sont les gosses dégénérés avec des marques de piquouses tout le long des bras et des jambes ? Avec le nez qui coule et la peau blême ? Et les vieux camés, tremblant comme des feuilles, mourant sans leur dose...

— Que c'est révoltant, dit Chiun.

— Où sont-ils, alors ? demanda Remo.

— Dans les *MacDo,* voilà où ils sont ! glapit Arcadi.

— Quoi ?

Le gros homme leva vers Remo des yeux rougis.

— Vous croyez que je plaisante ? Ha ! Allez faire un tour dans les restaurants. C'est là qu'ils sont, les camés. Ils traînent dans les snacks, ils se gavent de café noir et ils se prennent pour des rois. C'est répugnant.

— Les restaurants ?

— Vous vous rendez compte ? Les camés, ça ne mange pas. Ça ne se fait pas. C'est contraire à toute la tradition. Ils pourraient au moins avoir de la fierté ! Faut jamais se fier à un camé.

— Vous voulez dire, tint à faire préciser Remo, que tout le monde goûte à l'héroïne, à l'exception des drogués, qui y sont habitués ?

Arcadi leva les yeux au ciel et soupira.

— Quelle bourrique, celui-là ! Non ! cria-t-il avec une patience exagérée. Vous n'entendez donc rien ? Je vous dis que *personne* ne veut d'héroïne. Pas de ventes, rien. C'est comme ça que toute cette marchandise est encore à l'entrepôt. Je ne peux même pas la donner. Voilà ce que je dis. Et votre patron le sait, même si vous ne le savez pas, Dugland !

— Mon patron ?

— Cette ordure d'Arabe en turban.

Les pensées de Remo vagabondèrent du côté du docteur Harold W. Smith, contemplant son terminal d'ordinateur à travers ses lunettes à monture d'acier. La description d'Arcadi n'avait pas l'air de très bien lui aller.

— Quel Arabe en turban ?

— Amfat Hassam, gémit Arcadi. Vous me croyez né d'hier ? Tout le monde, dans le métier, sait que les Arabes font passer la horse dans le pays depuis des années. Ça fait partie du complot de l'étranger pour saper le moral de la nation, pontifia-t-il en soulignant chaque mot, avec une grande componction.

— Et vous étiez un des intermédiaires, conclut Remo.

— Nous vendons aux camés. Tout le monde se fout du moral des camés.

— Que je comprenne bien ! Amfat Hassam fournissait l'héroïne pure ?

— C'est ça.

— Et vous achetiez cette héroïne, vous la coupiez pour en augmenter le volume et vous la vendiez aux petits revendeurs de la rue.

— Précisément.

— Seulement plus personne ne veut acheter d'héroïne.

— Pan dans le mille.

— Alors pourquoi est-ce que quatre-vingts pour cent de la population américaine sont défoncés à crever ?

— Comment voulez-vous que je le sache ? hurla Arcadi. Vous croyez que ça me plaît, cette situation ? Vous croyez que ça me fait plaisir de travailler avec des tapins et la loterie ? Votre patron, Hassam, il sait, lui. C'est encore un de ces complots arabes. Les défoncer tous sur autre chose et puis éliminer l'héroïne de tout le tableau. Mettre des milliers de pauvres types au chômage.

— Mais c'est à l'héroïne que tout le monde se défonce !

— Alors demandez à Hassam comment ils se la procurent. Parce que c'est sûrement pas de moi que ça vient.

— C'est ce que je vais faire, promit Remo.

— Et dites-lui qu'il peut prendre tout cet entrepôt plein de came et se le fourrer dans le popotin !

— D'accord.

— Et maintenant, vous allez me tuer, je suppose.

— Eh bien...

— Vas-y, dit Chiun. Quand on tombe d'un

chameau, il faut vite remonter sur le même chameau. Vieux proverbe persan.

— Qu'est-ce que c'est que cette histoire de chameaux ? gronda Arcadi. Vous allez me descendre ou quoi ?

— Silence, grande bouche, nous en discutons, répliqua Chiun.

— Oh pardon ! fit Arcadi avec une grande politesse. Pendant que vous faites la conversation, je crois que je vais aller respirer un peu d'air frais.

Tranquillement, il se dirigea vers le mur démoli.

— L'empereur sera très mécontent si tu permets à cet homme de s'en aller librement, dit Chiun en coréen.

— Je vous l'ai dit. Je ne peux plus tuer. Pas même une ordure comme Arcadi. Je n'en ai plus le courage.

Chiun poussa un long soupir bruyant.

— Très bien. Mais que ça retombe sur ta tête.

— Arcadi ! cria Remo.

Arcadi galopait dans la rue. Remo fit un vol plané et le plaqua au sol. Il le relança dans l'entrepôt et lui ligota les poignets et les chevilles, tous ensemble avec sa cravate. Puis il décrocha le téléphone et forma un numéro de Prière-à-Domicile qui après bien des détours mettait en communication avec Harold W. Smith au sanatorium de Folcroft.

— Ça va bien ?

— Euh... très bien, répondit Smith assez sèchement. Ce devait être un symptôme de stress.

— Vous étiez rond défoncé mais ça ne fait rien. Vous êtes sûr que ce truc qui se balade est de l'héroïne ? demanda Remo avant d'expliquer les malheurs d'Arcadi. Il n'y a plus de marché pour l'héroïne, ces temps-ci.

— Intéressant, murmura Smith. Mais c'est bien

de l'héroïne, ou un dérivé moléculaire approchant. Et organique. Il n'y a aucun doute là-dessus.

— Bon, je veux bien... Au fait, vous feriez bien de prévenir la police de Miami, qu'elle vienne se charger d'Arcadi.

— Il... Il est en vie ?

— Ouais ! rétorqua Remo sur la défensive. Et alors ?

— Remo. Je dois vous avertir...

— Ah, laissez tomber, grogna Remo et il raccrocha.

Il se tourna vers Arcadi.

— Tout le monde veut votre mort.

Arcadi haussa les épaules.

— Ça me fend le cœur.

— Oui, eh bien moi, je ne vais pas vous tuer.

— Ne me balancez pas de fleurs.

— Vous pourriez être un peu plus reconnaissant.

Arcadi poussa un soupir écœuré.

— Vous malaxez mon assistant en boule de bowling humaine, vous me cassez la gueule, vous me saucissonnez et vous voulez de la reconnaissance ?

— Foutu ingrat, marmonna Remo en s'éloignant.

Chiun renifla.

— Et tu te prétends assassin ! Je retourne à notre motel. Tu pourras aller voir ton Mr Hassam et ne pas le tuer tout seul. Sois de retour à cinq heures. On mange du canard ce soir.

CHAPITRE IV

La demeure d'Amfat Hassam n'était pas difficile à trouver. La pelouse, devant la maison, était parsemée de statues grecques classiques peintes couleur chair et anatomiquement précises. Trois gigantesques fontaines faisaient jaillir une eau multicolore dans les airs, au-dessus d'un bassin incrusté de cailloux du Rhin, avec une mosaïque d'Ann-Margret dans le fond. Bien qu'on ne soit qu'en octobre, des guirlandes lumineuses de Noël étincelaient sur la façade à colonnes de la maison, qui était une réplique de la Maison Blanche mais peinte en rose Schiaparelli.

Remo sauta par-dessus la grille en fer forgé de trois mètres et contourna la demeure. Au milieu d'un vaste jardin d'orchidées brillait l'étendue bleue d'une piscine en forme d'étoile, entourée de jolies filles en bikini.

— Ooooh ! fit une blonde pulpeuse quand elle vit Remo.

Les filles splendides ne faisaient plus d'effet sur lui. Après des années de « Oh » et de « Ah », de mains manucurées baladeuses frôlant accidentellement ses fesses, il avait fini par accepter le fait que les femmes le trouvaient séduisant. A son avis, il lui semblait posséder simplement l'équipement standard. Il était grand et ça leur plaisait. Il avait des cheveux noirs et des yeux assortis.

Les yeux, il devait le reconnaître, étaient assez extraordinaires. Il voyait à un kilomètre et demi par n'importe quel temps et sa vision nocturne était aussi excellente que celle de jour. Chiun lui avait appris à contrôler le diamètre de ses pupilles, une prouesse qu'il avait mis quatre ans à maîtriser. Mais les filles ne le savaient pas. Elles pensaient simplement qu'il avait les yeux mignons, comme si ça avait de l'importance.

Ou cruels. Les filles lui disaient toujours qu'il avait des yeux cruels. « Embrasse-moi, grande brute. » Remo se demandait sincèrement par quel mécanisme les femmes appréciaient la compagnie d'hommes qu'elles trouvaient effrayants. Les femmes étaient une espèce à part et plus rien de ce qu'elles disaient ou faisaient ne le surprenait.

Ce fut pourquoi il ne dit rien quand la blonde lui arracha son tee-shirt et nicha sa figure contre son torse nu. Ou quand la sculpturale rouquine l'empoigna par les cheveux et lui fourra sa langue dans l'oreille. Ou quand la brune aux taches de rousseur s'enroula autour de ses jambes et mordit la blonde au genou. Après ça, il ne fut plus question de les raisonner, avec des griffes et des cheveux parfumés tombant par poignées, et assez de cris perçants et de jurons pour transformer le paradis tropical de Hassam en maison de tolérance pendant une rafle.

— Mesdames, mesdames, tenta Remo, ce qui lui valut de recevoir en pleine bouche un mollet bien tourné.

Un doigt équipé de cinq centimètres d'ongle orangé passa dangereusement près de son œil droit et quand il reprit l'équilibre un ventre féminin bien musclé l'enveloppa.

— Ça suffit ! cria-t-il. Qu'est-ce que vous êtes, l'armée de Hassam ?

— Psst. Venez avec moi, chuchota la fille à qui appartenait le ventre.

C'était une jolie petite blonde au visage innocent d'elfe malicieux, qui lui rappela les vieux films de Tuesday Weld. Elle le conduisit, en rampant comme sur le parcours du combattant, hors de la mêlée et dans l'ombre de quelques lis tigrés.

— Je m'appelle Sandy (1), souffla-t-elle, sa bouche sur celle de Remo.

— Ne vous en faites pas, dit-il poliment. Je suis moi-même assez poussiéreux.

— Hein ? fit-elle en battant des cils pur vison.

— Laissez tomber. Pourquoi est-ce qu'elles m'ont attaqué ?

Sandy pouffa.

— Ce n'est pas vous qu'elles attaquaient, gros bêta. Elles se battaient pour vous. Les hommes sont si rares, par ici, que chaque fille vous veut pour elle toute seule, roucoula-t-elle, un bout de langue rose apparaissant entre ses lèvres. On joue au docteur ?

Un soulier à talon aiguille siffla au-dessus de leurs têtes.

— Attaque aérienne, dit la fille et son sourire se fit lascif. Je vous conseille de rester tout contre moi, beau brun. On ne se doute pas de ce qu'elles feraient pour un homme.

Sur ce, elle se plaqua sur lui pour mieux le protéger.

(1) Sand : sable en anglais.

— Pourquoi est-ce qu'elles ne font pas les bars ? demanda Remo.

— Nous n'avons pas le droit. Ça fait partie du contrat.

— Quel contrat ?

— Avec le sheik.

Elle se tortilla et s'installa sur les genoux de Remo. Avant qu'il ait le temps de protester le soutien-gorge du bikini sauta et vola dans les buissons. Des seins se trémoussèrent sous son nez.

— Ah ! Il a dû glisser. Faut se faire une raison, les hommes profitent de toutes les occasions, pas ?

Elle pouffa et pianota du bout des doigts sur la cuisse de Remo. Au bout d'un moment, son sourire disparut.

— Ils en profitent, n'est-ce pas ? insista-t-elle, dans un murmure un peu hésitant.

— Pas toujours, dit-il et il cueillit deux feuilles qu'il lui offrit galamment. Quel contrat ?

— Notre contrat de travail, expliqua-t-elle en laissant tomber les feuilles dans les cheveux de Remo. Hassam est notre patron. Nous sommes son harem. Alors c'est un travail.

— Ah bon ? Et qu'est-ce que ça fait au juste, les filles de harem ?

— Pas ce que vous pensez. Rikiki n'est pas un étalon. Sa femme y veille. Nous ne sommes que des danseuses. Plus ou moins.

— Plus ou moins ?

— Oui. Ces drôles de danses qui plaisent aux Arabes. On tortille du ventre et des fesses. Je suis la meilleure.

Elle fit une petite démonstration à Remo, à bout portant.

— Mais je crois que ça marche mieux avec les glands.

— Sans doute...

— Je suis la seule vraie danseuse de la bande. Ma dernière place, c'était au *Whisky à Gogo* à LA, révéla-t-elle en arquant fièrement le dos. Naturellement, je me sens toute bête en mettant « fille de harem » à profession, sur mes papiers, avec mon entraînement et tout. Mais pour cinq sacs par semaine, y a pas à se plaindre. Et Rikiki est un brave type.

— Rikiki ?

— Le cheik. Hassam, quoi. C'est pas vraiment un cheik mais sa femme veut que nous l'appellions comme ça. Tout le monde sait qu'ils étaient tous les deux des ramasseurs de dattes dans je ne sais quel trou du désert avant que Rikiki se lance dans la drogue. C'est devenu un caïd.

— Il paraît. Je veux lui parler.

— Pas question. Rikiki a toutes les hordes d'Allah autour de lui pour le protéger. Et d'abord, qu'est-ce que vous avez besoin de lui alors que vous pouvez me voir ?

Comme pour illustrer son propos le bas du bikini glissa inexplicablement.

— Il est dans la maison ?

— Qui ça, Rikiki ? Il se cache de la cheikesse, ou je ne sais comment elle s'appelle, la vieille. Rikiki monte dans sa pièce secrète là-haut dans le grenier, pour se rincer l'œil quand les filles sont toutes là autour de la piscine.

— Dans cette pièce, là ?

Remo désignait une lucarne dominant la piscine où le harem avait battu en retraite après avoir perdu de vue son gibier.

— C'est ça. On distingue ses jumelles. Pauvre vieux Rikiki. C'est son seul plaisir.

Elle lutta pour conserver sa position tandis que Remo s'efforçait de la déloger de ses genoux.

— N'allez pas perdre votre temps, beau brun. Rikiki a des gardes du corps vingt-quatre heures sur vingt-quatre. Et croyez-moi. Je sens bien moins mauvais qu'eux. Vous feriez mieux de rester par ici.

— Désolé, trésor.

Remo souleva gentiment Sandy et la déposa à côté de lui. Elle fut sur le point de pleurer.

— Rien de personnel, assura-t-il hâtivement.

— Dans le temps, j'étais une go-go girl respectable, dit-elle vaillamment. Tant de boum-boum que je ne savais qu'en faire. A dîner, ils m'invitaient. Payaient mes taxis. Y a même un type qui m'a entretenue en dessous coquins pendant toute une année. Et maintenant, je ne peux même pas prendre mon pied vite-fait dans les buissons.

Ses jolis yeux se fermaient désespérément alors Remo fit la seule chose qui lui vint à l'esprit. Il lui pinça un nerf au creux des reins, qui la fit glousser d'extase.

— Ah, bébé, qu'est-ce que c'est, de la télépathie ? gémit-elle.

— Rien qu'un vieux truc coréen. Ça passera dans une heure environ. A moins que ça ne vous plaise pas ?

Il tendit la main vers elle mais elle s'écarta vivement.

— D'ici une heure, je vous dirai si ça me plaît ou non.

Remo se dirigea vers la maison. Une des filles l'aperçut et la charge reprit mais s'arrêta dès qu'il commença à escalader la façade lisse.

— Il ne peut pas être pour de vrai, dit une des pensionnaires du harem tandis que Remo plaquait une main au-dessus de l'autre et rampait à la verticale comme une araignée jusqu'au troisième étage.

En général, il n'aimait pas avoir de public quand il travaillait, mais l'escalade d'un mur était ce qu'il y avait de plus élémentaire. Même si Amfat Hassam poussa un cri perçant lorsque les jambes de Remo se balancèrent devant ses jumelles pour pénétrer par la fenêtre.

Quatre malfrats qui avaient l'air d'avoir été sevrés au sang dégoulinant de pointes de sabres surgirent comme par magie. Ils étaient enveloppés de longs burnous flottants. D'interminables couteaux à lame courbe leur battaient les cuisses. Leurs yeux féroces révélaient mille ans de guerre dans le désert.

— Assassinons le connard, Joey ! clama le plus costaud avec un bel accent irlandais, tout en tirant un revolver de sa manche.

— Un instant, les gars ! Je ne veux que parler.

— Parle à ça ! cria le guerrier en brandissant sous le nez de Remo une main équipée d'un coup-de-poing américain.

— Vous n'êtes pas très poli, dit Remo avant de lui enfoncer le coup-de-poing dans la gorge.

Le grand costaud tira. La balle manqua Remo, un événement que le tireur parut trouver ahurissant, vu qu'il avait tiré à dix centimètres du cœur de Remo.

— Vos manières laissent à désirer aussi, dit Remo en lui tapant le front de l'index.

Un petit cylindre de tissu cérébral, du diamètre d'une pièce de dix centimes, jaillit hors du crâne, par-derrière. Pendant un instant, Remo eut peur d'avoir tué l'homme mais ses craintes furent apaisées quand il le vit sourire.

— Simple lobotomie, expliqua-t-il aux deux derniers gardes qui se ruaient sur lui. Allons, allons. J'ai l'impression que vous nourrissez tous les deux des pensées impures.

Il en ramassa un de chaque main et les lança des côtés opposés de la pièce. Leurs armes, toujours dans leur main tendue, frappèrent le mur en premier, se brisèrent et firent pleuvoir deux petites averses de balles qui roulèrent sur le plancher. Une fraction de seconde plus tard, les deux corps entrèrent en contact avec le plâtre et s'y encastrèrent comme des pierreries dans une mosaïque.

Après s'être assuré qu'ils respiraient encore, Remo s'intéressa au petit homme aux jumelles. Il était vêtu d'un bermuda trop large qui frémissait pitoyablement autour de ses genoux tremblants.

— Moi, j'ai d'excellentes manières, dit-il précipitamment. J'achète des biscuits aux girls-scouts. J'aide les vieilles dames à traverser la rue. Je me sers d'une serviette en mangeant, toujours. Vous aimeriez peut-être boire un verre.

Il se dandina vers un plateau couvert de carafes, tambourina rapidement d'un goulot sur un verre qu'il vint offrir d'un geste saccadé à Remo.

— Je ne bois pas.

— Merci, dit le cheik et il vida le verre d'un trait.

— Je croyais que les Arabes ne buvaient pas d'alcool non plus.

Hassam lâcha immédiatement le verre.

— Jamais plus je ne boirai. Je le jure.

Remo allait répliquer qu'il se moquait que les gens boivent ou non. Puis il se rappela le jour où son corps avait atteint un niveau de développement tel qu'il ne pouvait plus supporter d'absorber la moindre goutte d'alcool ; cela avait été le jour le plus triste de sa vie. Plus de scotch pour émousser les coups de matraque et les blessures de flèches de la vie. Plus de mai-tais de vacances dans une noix de coco avec un petit parasol dedans. Même plus une bière après un match de football. Il en avait gardé une jalousie perverse de tous les gens capables de boire un petit coup de temps en temps. Les ivrognes étaient de déplorables assassins mais la sobriété c'était parfois l'enfer. Alors pourquoi est-ce qu'un trafiquant d'héroïne ne devrait pas se sentir aussi malheureux que lui, après tout ?

— Ouais, tâchez de ne pas recommencer, dit-il.

— Jamais plus mes lèvres ne goûteront au nectar du péché !

Le cheik frappa dans ses mains et un majordome qui ressemblait à Lawrence d'Arabie fit son apparition.

— Un peu de distraction ! Préparez les danseuses, ordonna Hassam et il se tourna vers Remo. Puisque vous avez assassiné mes gardes du corps, je présume que vous venez cambrioler ma maison ? demanda-t-il aimablement.

— Je ne les ai pas assassinés. Et non, je ne veux rien de ce qu'il y a dans votre maison. Je veux simplement vous parler.

La figure d'Hassam s'allongea.

— Vous n'êtes pas un voleur ?

— Non.

Hassam parut tout à fait accablé.

— Désolé, ce n'est pas mon rayon, expliqua Remo.

— Rien que quelques bijoux, peut-être ? insista Hassam. D'une grande valeur. Faciles à voler. Vous les glissez dans votre poche, ni vu ni connu, chuchota-t-il d'une mine complice. Ma femme Yasmine garde ses bijoux dans un coffret, sur sa coiffeuse. Dans sa chambre. Vous descendez un étage et vous tournez à droite. La troisième porte à gauche.

— On dirait que vous avez envie que je vous vole.

Hassam rit nerveusement.

— Moi ? Comme c'est ridicule ! Bien sûr que non !

— Eh bien, tant mieux.

— Au fait, mon majordome peut vous prêter un marteau et un ciseau à froid.

— Pour quoi faire ?

— Le coffret. Au cas où il serait fermé à clef. Très facile à casser. Pas de difficulté.

— C'est pas un peu fini, non ? Je ne vais pas vous voler, un point c'est tout. Et maintenant, ça ne vous ferait rien de parler de ce qui m'intéresse ?

— Oh bon, très bien, grommela Hassam, agacé. Mais alors je ne vois pas du tout pourquoi vous avez tué mes gardes, si vous ne voulez même pas tenter de me cambrioler. Ce n'est pas raisonnable. Ce n'est pas américain.

— Je ne les ai pas... Ah, et puis à quoi bon ? Johnny Arcadi m'envoie.

— L'ordure. Excusez-moi. Ce n'est pas poli. Je vous en prie, ne me tuez pas à cause de mon impolitesse.

— Pour l'amour de...

Remo compta jusqu'à dix, à rebours.

— D'accord, pensez ce que vous voulez. Bref, Arcadi m'a dit que vous lui fournissiez l'héroïne qu'il vendait.

Hassam grogna.

— Je ne sais rien d'aucune drogue. Mon peuple n'aime pas la drogue. Les drogues sont pour les dégénérés, les Occidentaux dégénérés qui n'ont rien pour meubler le vide de leur existence dépravée et égoïste.

— Bon Dieu, s'il y a une chose que je déteste encore plus que la grossièreté c'est le mensonge ! cria Remo.

— La drogue c'est ma vie ! gémit Hassam. Je vous en supplie, n'enfoncez pas votre doigt dans mon cerveau.

— Continuez de parler. Arcadi ?

— C'est une cloche, déclara Hassam avec désinvolture. Un gougnafier sans scrupules. Mille pardons pour l'impolitesse. Un odieux criminel, pardonnez-moi.

— Il vous achète de l'héroïne ?

— C'est du passé. Il n'y a rien entre nous.

— Parce qu'Arcadi ne peut plus vendre la marchandise.

— C'est ce qu'il raconte ! Pendant huit ans, il vend tout et il fait des bénéfices énormes, en ne laissant que des haricots pour moi. Et maintenant, tout à coup, il prétend qu'il n'a plus d'acheteurs. Comment voulez-vous croire à cette histoire ! cria le cheik en arpentant la pièce, tout agité, sans cesser de parler à toute vitesse. Il a trouvé un autre fournisseur. Je ne suis pas un imbécile. J'ai des yeux pour voir. Il y a plus d'héroïne maintenant que jamais. Tous ces accidents partout ! Trois mille morts rien qu'aujourd'hui ! cria-t-il en ramassant un journal pour le brandir furieusement. Presque toutes les morts attribuées à des overdoses !

— Mais Arcadi ne gagnait plus d'argent. Il

pense que vous êtes à la tête d'un complot pour l'éliminer comme intermédiaire.

Hassam s'arrêta et regarda fixement Remo.

— Vous voulez dire que Johnny Arcadi est fauché aussi ?

— Aussi ? Vous...

— Aaaah ! Pourquoi pensez-vous que j'aimerais que vous voliez les bijoux de ma femme ? Au moins l'assurance nous rapporterait de quoi manger. Je suis un miséreux, gémit-il en se rongeant les ongles. J'ai vendu ce matin toutes mes actions d'ITT. Mes bons du Trésor et mes investissements en Bourse sont déjà partis. La maison est à vendre. Hier, j'ai dû mettre au clou les perles de ma femme et les remplacer par des imitations. Je n'ai plus rien !

— Si vous me dites la vérité, alors d'où vient toute l'héroïne ? demanda Remo.

— D'où ? Si je savais d'où, est-ce que je serais là à vous supplier de me cambrioler ? Je vous en conjure ! Au moins les fausses perles. Ma femme va bien s'apercevoir que je les ai remplacées, à moins qu'on les vole avant.

— Je suis sûre qu'elle comprendra, dit ironiquement Remo. Ça pourrait être pire.

Un bombardement de rognures d'ongles se postillonna de la bouche d'Hassam.

— Je vois que vous n'avez pas fait la connaissance de ma femme.

— Je n'ai pas eu ce plaisir.

— Vous avez de la chance. Et si Yasmine s'aperçoit que j'ai vendu ses perles, mes gardes du corps qui sont morts auront de la chance aussi, à côté de moi.

Le majordome vint annoncer que les danseuses étaient prêtes. Il plaça un disque sur la stéréo. Une aigre musique nasillarde envahit la pièce. Une lourde portière s'écarta et toutes les filles de la piscine défilèrent, habillées de soutiens-gorge pailletés et de pantalons bouffants diaphanes, en ondulant gracieusement au rythme de la musique. Celle qui avait entraîné Remo dans les buissons lui cligna de l'œil.

— Celle-là, c'est Sandy, dit Hassam avec nostalgie. Vous lui plaisez, je crois.

— Beuh... A vrai dire, je suis venu parler de...

— C'est la dernière fois, cette danse, dit Hassam en battant des paupières sur des larmes. Je ne vais plus pouvoir payer les filles, à partir d'aujourd'hui. Demain, elles seront toutes parties, comme un beau rêve. Et il ne restera que Yasmine.

— Votre femme ?

Une grosse larme coula sur la joue ridée de Hassam.

— Oui. Il y aura toujours Yasmine.

Un bruit de tonnerre se répercuta dans la maison, accompagné par un long hurlement plaintif de buffle blessé. L'aiguille grinça horriblement sur le disque et la musique se tut. Une Arabe de cent cinquante kilos drapée dans des voiles noirs bouscula les filles en faisant irruption dans la pièce. Elle vint agiter un rang de perles sous le nez de Hassam.

— Fausses ! glapit-elle. Ces perles sont fausses !

Le majordome frappa dans ses mains et les filles s'éclipsèrent précipitamment.

— Fausses ! répéta Yasmine et, en manière d'illustration, elle mordit sur quelques centimètres du sautoir et cracha les fragments dans l'œil de son mari.

— Permettez-moi de vous présenter à ma femme, Yasmine, dit-il, un œil fermé.

— Enchanté...

— Tu veux te cacher de moi dans ce réduit ! hurla-t-elle. Mais il n'y a plus de trou où courir te cacher, vil chien trompeur ! Il n'y a pas d'abri pour les voleurs !

— ... de vous connaître, acheva Remo.

Mrs Hassam le toisa froidement.

— Qu'est-ce que c'est que cet individu maigrichon en tee-shirt, un clochard ? dit-elle en agitant un poignet potelé du côté de Remo. Encore un de tes vauriens d'amis, hein, venu reluquer ce sac d'os que tu appelles ton harem. C'est peut-être à lui que tu as vendu mes belles perles, hein ?

Une main grasse alourdie de bagues voyantes s'enroula autour du nez de Hassam et tira puissamment.

— Euh, fit Hassam très jovialement, en s'extirpant de l'étreinte de sa femme avec un grand sourire figé. Si nous buvions un coup ? proposa-t-il et, après un coup d'œil à Remo : Ah oui. Seulement du café, naturellement.

Il fit un signe désespéré au majordome.

— Ecoutez, Hassam, dit Remo avec compassion. Ça ne me dérange pas du tout si vous buvez un...

— Il ne veut rien boire ! rugit Mrs Hassam et d'un revers de main elle expédia son mari à la renverse sur un sofa. Tu ferais mieux de me racheter des perles, espèce de vieil ivrogne de bon à rien de mari, sinon tu vas avoir le sabre de mon frère dans le fond de ton gosier !

— Oui, ma blanche colombe.

— Des perles plus grosses que les autres. Et un sautoir plus long. Et une nouvelle bague. Mon pouce est presque nu !

Hassam acquiesça humblement.

— Le café, Monsieur, annonça le majordome.

Hassam s'en versa une tasse et la porta d'une main tremblante à ses lèvres, tout en essayant vaillamment de retrouver un peu de son assurance.

— Délicieux, murmura-t-il. Alors, nous disions donc, monsieur... ?

— Appelez-moi Remo, dit Remo pour tenter de couper court à la tirade de Mrs Hassam.

— Ne me tournez pas le dos, espèce de misérable petit bonhomme ! beugla-t-elle. Et toi ! Où sont les billets d'avion pour ma mère et ses domestiques qui viennent passer l'hiver avec moi ? Je sais que tu n'as jamais aimé ma mère !

— Vous êtes sûr de ne pas en vouloir une tasse, Remo ? offrit aimablement Hassam. Il est vraiment excellent... Exceptionnellement bon.

— Hassam !

Elle donna un violent coup de poing dans les côtes de son mari. Il suivit des lèvres la tasse qui sautillait, pour attraper toutes les gouttes vagabondes.

— J'aime autant t'annoncer que j'ai renvoyé la femme de chambre, poursuivit la dame. J'ai vu comment cette gourgandine te regarde. Tu te figures que je suis aveugle et sourde ?

— J'aimerais bien l'être, avoua tristement Hassam en vidant sa tasse jusqu'au bout.

— Qu'est-ce que tu marmonnes ? Je t'ai entendu ! Ne crois pas que tu vas t'en tirer éternellement, avec tes manigances ! Mes frères sauront te mettre au pas !

Mais Hassam était trop intéressé par la cafetière pour répondre. Il souleva le couvercle, renifla profondément, sourit d'un air béat et s'apprêta à s'en resservir une tasse. Mais en regardant couler le liquide, il se ravisa, saisit la cafetière à deux mains et versa directement le café dans sa bouche.

— Excusez-moi, dit-il enfin dans un petit rot. Extraordinaire. Un café vraiment extraordinaire.

— Il devait l'être, murmura Remo.

Hassam frappa dans ses mains. Quelques instants plus tard, une autre cafetière apparut.

— Est-ce que tu m'écoutes ? glapit Mrs Hassam.

Pour toute réponse, Hassam se mit les doigts dans le nez. Elle se tourna vers Remo.

— Qu'est-ce qu'il a ?

Remo fit un geste d'ignorance. Hassam s'étira comme un chat, se gratta le ventre et dodelina de la tête d'un air ensommeillé.

— Amfat ! Hassam ! Mon mari ! Qu'est-ce que tu as ?

— Mmmph, fit Hassam en se roulant en boule.

— Il est devenu fou, chuchota théâtralement Mrs Hassam. Ma mère avait raison !

— Elles ont toujours raison, dit Remo.

— Si j'avais épousé Ali el-Jabbar comme elle me le conseillait, j'aurais des vrais bijoux, maintenant, pas des perles de pacotille ! Je ne serais pas enchaînée à un voleur ivrogne abruti par le vice ! C'est vous qui l'avez mis de force dans cet état honteux, n'est-ce pas ! clama-t-elle en pointant sur Remo un index accusateur.

— Il n'a rien bu du tout.

Remo poussa légèrement du bout du pied Hassam endormi. Tout cela était très bizarre.

— Smith, marmonna-t-il. *MacDo...*

— Qu'est-ce que vous racontez ? Vous êtes aussi fou que lui !

Remo arracha la cafetière aux mains du majordome. Il souleva le couvercle. La vapeur montant du café lui piqua les yeux et lui brûla le nez.

— Il y a quelque chose dans ce café, déclara-t-il.

Hassam se réveilla en sursaut, tendit les bras et chantonna :

— Du ca-fé !

Remo plongea un doigt dans la cafetière et goûta. Amer. Bizarre. Hypnotique.

— Héroïne, dit-il.

Les yeux de Hassam s'entrouvrirent vaguement.

— Héroïne ?

— Dans le café.

Mrs Hassam poussa un hurlement à vous glacer le sang dans les veines.

— Un ivrogne, un voleur et maintenant mon vaurien de mari est un drogué par-dessus le marché ! cria-t-elle en empoignant Remo par les épaules pour le secouer. Qu'est-ce que je vais faire ? Aidez-moi ! Sauvez-moi de ce criminel avant qu'il m'attaque dans sa lubricité !

— Eh... une seconde, Mrs Hassam.

Avec précaution, il détacha les doigts bagués accrochés à son tee-shirt.

— C'est épouvantable !

— Oui, Madame. Très épouvantable. En ce moment, je pense que vous êtes en grand danger.

— Ah !

— A votre place, j'irais tout de suite me cacher dans un endroit où il ne risquera pas de vous voir ni de vous entendre. Le sous-sol devrait faire l'affaire. Restez simplement hors de danger jusqu'à ce que je le maîtrise et le ramène à la raison.

Elle jeta un coup d'œil peureux vers le petit homme qui ronflait paisiblement sur le divan.

— C'est qu'ils sont imprévisibles, Madame,

quand ils sont dans cet état. On ne peut pas savoir ce qu'ils vont faire. Doux comme un agneau une minute et un tigre féroce à la seconde suivante.

Mrs Hassam recula en chancelant vers la porte.

— Dans le... sous-sol ? A la cave ?... Est-ce que ma chambre ne suffirait pas ?

— Je crains que ce ne soit pas assez éloigné du danger, Madame. Vite ! Je crois qu'il se réveille !

Poussant un dernier cri aigu, Mrs Hassam disparut précipitamment. Remo secoua Hassam.

— Hassam ! Cheik ! Ecoutez-moi.

— Du ca-fé !

— Non, pas de café. Dites-moi simplement où est votre stock d'héroïne.

Hassam secoua lentement la tête.

— Vous voulez de l'héroïne ? Pas bon. Le café est bien meilleur. D'ailleurs, les affaires ne marchent pas.

— Ça n'a pas d'importance.

En faisant un gros effort, le petit homme se redressa, s'assit et regarda autour de lui avec inquiétude.

— Où est Yasmine ? Elle ne sait rien de mes activités commerciales.

— Je l'ai envoyée au sous-sol.

Hassam le regarda fixement.

— Elle est morte ? Vous l'avez tuée ?

— Non. Elle va bien. Je lui ai simplement dit de partir et elle est partie.

— Comme ça ? s'étonna Hassam qui ne pouvait y croire.

— Oui, oui. Alors, où planquez-vous la came ?

Hassam examina longuement Remo mais d'un œil plutôt vague.

— Je suppose que vous allez me tuer si je ne vous le dis pas.

— Pire. Je libérerai Yasmine.

— C'est à bord d'un cargo dans le port de Miami. Le *Maid of Mallecha*. C'est le nom du bateau. Mais pourquoi est-ce que vous voulez l'héroïne ? Ça ne vaut rien.

— La police sera intéressée quand même.

— Vous êtes de la police ?

— Non.

— Ah, tant mieux.

— Je suis un assassin.

Pendant une bonne minute, Hassam regarda Remo dans les yeux. Enfin, il parla :

— Du ca-fé.

— Calmez-vous.

— Vous n'allez pas me tuer ?

— Mais non.

— Pourquoi ?

— N'en faites pas trop.

— Mais qu'est-ce qui va m'arriver ?

— La prison, probablement. Et des tas d'interrogatoires des flics.

— La prison ? La détention ? gémit Hassam. Mais c'est terrible ! C'est la fin de ma vie ! Ça ne suffit pas que je sois appauvri, ce n'est pas assez grave ? Un détenu dans le pays de la liberté... Ah, non, c'est trop insupportable.

— Réfléchissez. La prison, c'est seulement pour les célibataires.

Hassam sursauta et ouvrit plusieurs fois la bouche comme un poisson.

— Pas de Yasmine ?

— Pas pendant vingt ou trente ans, en tout cas.

— Vingt ou trente ans, répéta Hassam en savourant chaque mot.

— Ou alors, je rappelle Yasmine tout de suite et je vous emmène tous les deux dans une île tropicale déserte, inconnue de tous, où il n'y aura personne que vous deux. A vous de choisir.

— S'il vous plaît, chevrota Hassam. Ne plaisantez même pas à ce sujet. Je ne suis pas un homme fort. D'accord pour la prison.

— OK.

Remo se leva. Hassam lui sourit gentiment. Malfrat ou non, pensa Remo, ce petit bonhomme lui plaisait bien. Allez savoir jusqu'à quels crimes une femme comme Yasmine était capable de pousser un homme ?

— Je vais vous faire un cadeau, dit-il.

— Oui ? demanda poliment Hassam.

Alors Remo lui montra avec précision comment tenir ses doigts en pressant un certain point dans le dos d'une femme.

— Oui, je vois, très bien, mais qu'est-ce que ça fera ? demanda Hassam en essayant la position insolite.

— Je vous laisse découvrir ça tout seul. Sandy ira vous voir en prison. J'y veillerai. Quand elle viendra, pressez ce point dans son dos, comme je vous ai montré. Après ça, elle viendra tous les jours, je vous le promets.

— Très bizarre.

— Allez, salut, Rikiki.

CHAPITRE V

— Hassam a un cargo bourré de drogue, dans la rade de Miami, annonça Remo à Smith. Le *Maid of Mallecha*, c'est le nom du bateau. Hassam est chez lui, il attend qu'on vienne l'arrêter.

— Encore ? Écoutez, Remo...

— C'est comme ça, trancha Remo. Je ne vais plus tuer personne, quoi qu'il arrive.

Smith crachota pendant quelques instants.

— Très bien, dit-il enfin. Nous n'avons pas le temps de discuter. Comment est-ce que Hassam comptait distribuer son héroïne dans la population ?

— Il n'y comptait pas. Il est fauché, comme tous les autres pourvoyeurs de drogue.

— Vous voulez dire que vous n'avez aucune piste ?

— Oh, pour une piste j'ai une piste. Le truc est dans le café. Je ne sais pas comment ça y arrive.

— Dans le café ?

Un bourdonnement mécanique se fit entendre en bruit de fond. Smith marmonnait tout seul en tapant sur le clavier de son terminal.

— Ça expliquerait l'extraordinaire prolifération de la drogue. Mais quel café ? Et comment est-ce que l'héroïne aboutit dans le café ? Au stade du conditionnement, ou plus tôt ? Dans quelle ville le phénomène est apparu en premier ? Comment est-ce qu'un unique fournisseur peut infiltrer toutes les entreprises de café du pays ? Qui a accès à une telle quantité d'héroïne ? Et pourquoi est-ce qu'on voudrait faire ça ?

— Merde, j'en sais rien, Smitty, je...

— Ça ne me paraît même pas lucratif, continua de marmonner Smith sans faire attention à Remo, tandis que les bourdonnements et les déclics allaient joyeusement crescendo avant de se taire. Rien de tout ça ne se suppute par ordinateur... Vous êtes sûr que c'est le café ?

— Tout à fait sûr.

— Nous allons faire des analyses. Soyez ce soir là où je peux vous joindre.

Il était 19 h 30 quand Remo rentra au motel. Il n'y avait pas d'autre bruit que le grincement de la plume d'oie de Chiun grattant furieusement du parchemin.

— Pardon d'être en retard, dit Remo avec beaucoup de désinvolture. Qu'est-ce qu'il y a pour dîner ?

Le vieux Coréen releva très lentement la tête et révéla deux yeux noisette étincelant de rage. Le duvet blanc qui le couronnait frémissait en cadence aux crispations de sa mâchoire.

— Pour dîner ? répéta-t-il d'un air innocent. On ne dîne pas au milieu de la nuit. Du moins pas les personnes civilisées. Quand une personne civilisée est invitée, par son aîné et supérieur, à dîner à une heure convenable, cette personne arrive à l'heure dite. Pas deux heures et demie plus tard.

— Je suis désolé, Chiun. Je n'ai pas pu faire autrement.

— Mais voyons ! Les imbéciles épais sans civilisation ne peuvent pas faire autrement que de révéler leur véritable nature. Surtout les hommes blancs. Leur devoir génétique est d'être grossiers et brutaux.

— D'accord, d'accord, je mérite ça. Mais je crève de faim. Est-ce qu'il reste du canard ?

Chiun pencha la tête de côté.

— Du canard ? Naturellement, il y a du canard.

Comme une bouffée de fumée, il parut se soulever du sol sans l'aide du moindre muscle. Il passa sereinement dans la minuscule kitchenette et en revint avec un plat où s'entassait quelque chose de noir et d'informe.

— Voilà ton canard, ô prompte créature !

D'une chiquenaude, il cassa le plat en deux. Les restes calcinés du volatile tombèrent lourdement.

— Ça va, j'ai compris. Et le riz ? Est-ce qu'il reste du riz ? Ça m'est égal qu'il soit froid.

— Du riz.

Chiun repartit vers le coin cuisine et revint avec une casserole noircie, qu'il retourna au-dessus du canard incinéré. Il en tomba une espèce de galette composée de granulés marron craquants.

— Voilà ton riz, ô industrieux assassin trop occupé à ne pas tuer pour arriver à l'heure pour dîner. Puis-je te servir autre chose ?

Remo soupira.

— Non merci, Chiun. Je vais faire du thé.

— Du thé ? demanda aigrement Chiun.

— De l'eau, alors. Ne vous en faites pas. Je ne vais pas souiller un des verres en plastique avec mes lèvres indignes. Je me mettrai simplement la tête sous le robinet et je lamperai comme ça.

— De l'ironie. On peut toujours compter sur un

rustre blanc sans manières pour se moquer de la distinction des autres, grommela Chiun.

— Je sais que vous vous êtes donné beaucoup de mal, petit père...

— Silence ! ordonna le vieil Oriental en reprenant sa plume. Je n'ai pas le temps de jouer sur les mots avec toi. Mon travail actuel est de la plus haute importance.

Remo risqua un coup d'œil par-dessus l'épaule de Chiun et lut, sur le parchemin, les caractères coréens signifiant « rustre » et « ingrat ».

— Vous écrivez encore sur moi ?

— C'est l'Histoire de Sinanju que j'écris. Depuis le temps du premier Maître, dont le village était si pauvre que les pêcheurs devaient renvoyer les bébés à la mer.

— Oh oui, racontez, dit avidement Remo comme s'il n'avait pas entendu ça mille fois. Et je parie que le Maître a loué ses talents d'assassin pour aider le village !

— Humpff. Ce n'est que le commencement, ça. Mon ouvrage suit tous les Maîtres jusques et y compris moi-même.

Tout en formant avec soin les caractères, il lut à haute voix :

— Le nom du dernier Maître de Sinanju était Chiun, avec qui se termina la longue lignée parce qu'il n'y avait personne pour lui succéder à l'exception d'une personne blanche vulgaire qui refusait de pratiquer les arts de Sinanju, qui ne sont transmis qu'à une poignée d'êtres dans tout le cours de l'histoire, un rustre ingrat sans manières, incapable d'arriver à l'heure pour dîner. Voyant que les vertus d'un chef manquaient tristement à son élève, le Maître fut contraint d'annoncer au peuple de Sinanju qu'il n'y aurait plus de Maître après lui.

— Et que seraient supprimés les sous-marins bourrés d'or que Smitty envoie tous les ans à Sinanju pour que personne dans ce foutu patelin n'ait jamais à travailler de ses dix doigts ? Ah, les villageois vont vous adorer !

Sans changer d'expression, Chiun biffa la dernière phrase et en traça une autre.

— Chiun, Maître de Sinanju, trouva enfin, au crépuscule de sa vie, un élève digne de sa bonté et de son génie, récita-t-il. Un élève de la bonne couleur.

— Alors, comme ça, vous m'éliminez, c'est ça ? Vous me renvoyez au chômage, le ventre creux ?

— Et il advint que la personne blanche lourdaude, après de longues recherches, trouva un emploi convenant à son caractère, proclama Chiun tout en écrivant. Consistant à arracher avec les dents les têtes de poulet dans des lieux publics.

— Ah ça, c'est excellent, Chiun ! Profond ! Une prose magnifique, un style superbe.

Chiun poursuivit, sans se troubler :

— Ainsi, l'élève ingrat apprit trop tard qu'une invitation à dîner du Maître de Sinanju ne doit pas être négligée.

— Je vous ai dit que j'étais désolé.

— C'est ce que disent tous les mordeurs de poulets.

Le téléphone sonna.

— Ouais ? répondit Remo.

La voix de Smith lui parut alarmée.

— C'est bien dans le café ! Toutes les marques. Tous les distributeurs. Même le café en grains.

— En grains ? Mais ça c'est impossible !

— Les ordinateurs ne disent pas que c'est impossible.

— Pourquoi ? Et d'abord, comment est-ce qu'on introduit de l'héroïne dans un grain de café ?

— Je ne sais pas. Mais si c'était impossible les ordinateurs de Folcroft l'auraient dit. C'est donc dans les grains.

— Et alors qu'est-ce que je fais, moi ?

— Nous sommes encore dans le noir, hélas ! Mais il faut bien que vous ayez un point de départ. Il y a un entrepôt de café à Port Henry, à cinquante kilomètres environ au nord-ouest de l'endroit où vous êtes. Allez-y demain matin à la première heure et voyez ce que vous pouvez découvrir. Si vous ne trouvez aucun renseignement, il vous faudra enquêter dans d'autres entrepôts, un peu partout dans le pays. Le processus est lent mais c'est tout ce que nous pouvons faire.

— Et le café déjà en magasin ?

— Il faudra le faire revenir. Naturellement, dès que ce sera fait les perpétrateurs interrompront leur opération.

— Quelles sont mes chances d'attraper quelqu'un, alors ? demanda Remo.

Les ordinateurs bourdonnèrent et cliquetèrent.

— Eh bien ça, voyez-vous, c'est impossible, dit Smith.

Remo raccrocha.

— Faut que j'aille à un entrepôt de café. Vous voulez venir ?

— Je vais être très occupé à faire passer des auditions pour trouver mon nouvel élève, merci, répliqua très froidement Chiun.

— Parfait. Épatant. Je suis sûr que vous trouverez quelqu'un de parfait sur toutes les coutures.

— Je n'auditionnerai que des Coréens, déclara Chiun. Cela éliminera tout de suite la paille du grain.

— D'accord. Mais je serai à la maison demain pour dîner. C'est sûr. Je ferai même la cuisine.

— Pour nous deux ?

— Vous et moi ? Bien sûr.

— Je parlais de moi-même et de mon nouvel élève. Nous voudrions dîner à cinq heures.

Remo soupira.

— D'accord. Si c'est la pénitence que vous voulez m'infliger, je le ferai.

Chiun sourit d'un air pincé et se remit à écrire. Remo s'en alla, mangea un bol de riz tiède dans un restaurant chinois et passa la nuit à se rendre à pied à Port Henry.

CHAPITRE VI

L'entrepôt fonctionnait à pleins tubes. Des dizaines d'ouvriers luisants de sueur couraient en tous sens dans le long hangar en parpaings de ciment, chargés de grands sacs de jute dégageant un riche arôme de café ; ils les entassaient sur des chariots élévateurs ou dans des caisses d'expédition. Remo alla directement au petit bureau vitré, à côté de l'entrée des camions.

Un homme à la mine harassée, avec des mains visiblement habituées au travail de force, fronçait les sourcils en tapant d'un doigt spatulé sur les touches d'une calculatrice. La fumée d'un gros cigare nerveusement mâchouillé l'environnait d'un voile.

— C'est vous le patron ? demanda Remo.

— Ouais, dit l'homme en levant brièvement les yeux. Du nom de Sloops. Vous cherchez du boulot ?

— Et comment ! affirma Remo.

Sloops tira goulûment sur son cigare.

— Vous en avez.

Il se leva et poussa vers Remo une feuille de papier.

— Mettez votre nom et tout, là-dessus, pour qu'on puisse vous payer. Et que ça saute ! On a plus de travail qu'on ne peut en faire.

— Je dois dire, remarqua Remo en remplissant le formulaire, les affaires ont l'air de baigner dans l'huile.

— Oh pour baigner, ça baigne. Ça n'a jamais été aussi fort. Bizarre, quand même. Des gens au chômage dans tout le pays et nous autres, on a plus de boulot qu'on peut en faire. Notez que je ne m'en plains pas ! Probable que le café, c'est tout ce que les gens ont les moyens de se payer, à l'heure qu'il est.

— Quand est-ce que la vogue a commencé ?

— Oh, il n'y a pas longtemps...

Sloops se leva et fuma en silence pendant quelques minutes, en réfléchissant. Puis il murmura, comme pour lui-même :

— Jeudi dernier.

— Qu'est-ce qui s'est passé, jeudi dernier ?

La fumée du cigare monta en épaisses volutes.

— Ça vient de me revenir. Jeudi, c'était le premier jour de la folie, ici. Ça a commencé juste après l'arrivée de la nouvelle livraison.

— Quelle nouvelle livraison ?

Sloops fuma encore un moment sans rien dire puis il regarda Remo d'un air irrité.

— Qu'est-ce que ça peut vous faire, quelle livraison ? Vous voulez du boulot, oui ou merde ?

— Oui, oui bien sûr. Je disais ça comme ça pour...

— Alors assez bavardé. C'est rempli, ce truc-là ? demanda Sloops en s'emparant du formulaire. Qu'est-ce que c'est que cette connerie ? A l'adresse, vous avez mis *Bon Repos Motel ?*

— Ben quoi, faut bien que je vive quelque part.

Avec un grognement, l'homme jeta le feuillet sur son bureau et ouvrit la porte.

— Dans le fond, je m'en fous, du moment que vous pouvez faire le travail.

Il examina le corps mince de Remo, alors qu'ils traversaient l'entrepôt.

— Sans vous offenser, vous n'avez pas l'air tellement costaud, petit. Faut être capable de soulever ces sacs de soixante-quinze kilos.

— Je ferai de mon mieux, Monsieur.

Remo fut mis au travail à côté d'un jeune homme aux biceps énormes. Le jeune homme considéra Remo avec condescendance, tout en soulevant un des grands sacs de café. L'effort fit ostensiblement gonfler ses muscles sous les bretelles de son débardeur. Il prit un temps, quand le sac fut au zénith, pour admirer les contours de son anatomie.

— Ty, dit-il comme s'il avait passé son adolescence à regarder de vieux films de Nelson Eddy.

— Ty ?

Le jeune homme lança le sac sur l'élévateur qu'ils chargeaient et sourit.

— C'est mon nom. Le diminutif de Tyrone.

Parfait, se dit Remo. Un bavard. On gagnait toujours du temps quand les gens voulaient parler, même s'ils étaient aussi stupides que Ty en avait l'air.

— Remo, dit-il en tendant la main.

Ty ne la saisit pas et prit un air modeste.

— Nah. Je risque de te faire mal. Des fois, je ne connais pas ma force.

— Ah ? Merci de me prévenir.

— Je soulève.

— J'ai remarqué.

— Nah ! Pas ces conneries. Ça, c'est rien. Je soulève des poids. Des vrais. C'est le seul moyen de se faire des deltoïdes.

— Je vais m'y intéresser, dit Remo en contrôlant ses mouvements pour donner l'impression qu'il fallait plus de deux doigts pour remuer ces sacs de café.

— Tu sais, tu pourrais arriver à quelque chose, en travaillant un peu. T'as de bons poignets. Tu prends un peu de poids, tu t'entraînes pendant un an ou deux dans une bonne salle, tu pourrais avoir du potentiel.

Il cligna de l'œil à Remo, l'air toujours aussi condescendant entre deux exhibitions de musculature.

— Mince alors. Merci.

— Rien de formidable, bien sûr. Mais tu pourrais être assez bon.

Remo hocha la tête.

— Ça fait longtemps que tu travailles ici ?

— Ouais, un bout de temps. Ils me préparent pour que je prenne la direction, ici, dit fièrement Ty.

— Alors tu dois en savoir long sur le café.

— Tout. Crois-moi, y a personne qui en sait plus que moi sur cette boîte. Tu sais pourquoi ? Parce que je m'applique à savoir. La perfection du corps et de l'esprit aussi, c'est ce que disaient les Grecs. Tu connais les Grecs ?

— Des Grecs particuliers ?

— Les vieux. Les du temps de l'époque. Ils étaient pour l'entraînement du corps et de l'esprit. Tout ça en même temps. Mais pas les nouveaux Grecs, non. Les vieux. Les anciens. Doivent être tous morts, maintenant. Ils construisaient un tas de statues.

— Qu'est-ce qui s'est passé jeudi dernier ? demanda Remo.

— Hein ? Ah, jeudi ? Ouais, c'est devenu dingue

en plein, par ici. Un sacré boulot. Dix nouveaux ont été embauchés depuis. Des heures supplémentaires six soirs par semaine. On travaille dur. Ce qui est bon pour les affaires est bon pour moi, tu sais !

— Les Grecs disaient ça aussi ? marmonna Remo en laissant tomber un sac sur la plate-forme carrée.

— Les Grecs ? Nah. Ils parlaient pas anglais. C'était rien qu'une bande d'étrangers. Je t'ai dit qu'ils me préparaient à prendre la direction, ici ? Je remplace Sloops, des fois, quand il ne peut pas venir.

— Ouais, ouais... Sloops m'a parlé d'une nouvelle livraison.

— Une sacré bonne affaire pour nous, ça ! s'exclama Ty d'un air belliqueux. Sloops m'a engueulé comme du poisson pourri quand j'ai acheté ces grains mais maintenant il est bien content.

— C'est toi qui les as achetés ?

— Ouais. Enfin. Je suis pas censé acheter, en réalité, je garde simplement la boutique quand Sloops est malade. Il a un problème de reins ou quelque chose...

— D'où viennent ces grains ?

— De Colombie. Du bon café. Le meilleur café vient de Colombie. C'est pour ça que la plupart des marques américaines sont faites avec des grains de Colombie. Il y a aussi les africains, bien sûr, le robusta qui est plus petit et amer. Et puis le grain de la Jamaïque...

— Qui te les a vendus ? interrompit Remo.

— Un nommé Brown.

— Un Américain ?

— Ouais. Il disait comme ça qu'il représentait une nouvelle compagnie et qu'il me vendrait le café bon marché. Comme qui dirait un rabais pour faire connaissance.

— Il t'a donné une carte, ce Brown ?

— C'est sûr. George Brown, ça disait. « North American Coffee Company », quelque chose comme ça. Et c'est bizarre, parce que le café ne pousse pas en Amérique du Nord. N'importe qui, qui sait faire la différence entre des grains de café et des flageolets, aurait vu que ce café-là venait de Colombie.

— Où est-ce qu'elle perche, cette compagnie ?

Ty fouilla dans ses poches.

— Je dois encore avoir la carte par là, quelque part...

Il extirpa un gros portefeuille et feuilleta distraitement une dizaine de photos.

— Tiens, celle-là, dit-il en montrant une photo de lui-même, le corps huilé et faisant ressortir ses muscles, c'était aux régionaux. J'ai fait deuxième. Et puis en voilà une qui montre bien mes pectoraux.

— Laisse tomber les pectos, grogna Remo. Où est la carte ?

— Ah oui... Tiens.

Ty montra une carte commerciale imprimée en simili gravure.

George Brown
North American Coffee Company
Saxonburg, Indiana

— Dans l'Indiana ? murmura Remo. Il n'y a pas de numéro de téléphone. Pas de boîte postale, pas d'adresse.

— C'est bien ce que je disais, confia Ty en riant. J'ai pensé que c'était bidon. Ça arrive tout le temps, dans ce métier. Mais je me suis dit, après tout, qu'est-ce que ça fout ? Satisfaction garantie, disait le type. Vous ne payez pas un centime si vous ne pouvez pas vendre les grains.

— Et si vous pouvez ?

— Il dit qu'il passera encaisser l'argent lui-même.

— Il est venu ?

— C'est ça le plus marrant. Quand j'ai dit à Sloops que j'avais acheté ce café, il a failli faire dans son froc, il était tellement furieux mais qu'est-ce que je pouvais faire, j'ai dit. L'affaire était trop bonne pour la laisser passer. Je lui ai dit comme ça : « D'accord, Sloops, si vous ne voulez pas de ce café, vous n'avez pas à le payer. La prochaine fois que ce Brown se pointera, vous n'aurez qu'à lui rendre les grains. » Seulement Brown n'est jamais revenu. Rien qu'encore du café.

— Comment ça, encore du café ?

— Des expéditions sont arrivées comme s'il en pleuvait. Du café à gogo. Pas de factures, rien. Rien que des grains. Sloops, c'est tout juste s'il n'a pas fait une crise cardiaque et pas de bordereaux, rien du tout. Nous devenions fou, à réceptionner tout ça. Et après ça, jeudi.

— Qu'est-ce qui s'est passé, jeudi ?

— C'est là que les commandes ont commencé à arriver. Des commandes de tout le pays. Comme si le marché du café avait crevé le plafond du jour au lendemain. Brusquement, tout le monde réclamait du café. Moi, je n'en bois pas. C'est mauvais pour les reins. Regardez Sloops. Il ne peut plus y toucher. Mais le public était soudain fou de café, tu vois ce que je veux dire ?

Remo hocha la tête en hissant le dernier sac sur l'élévateur avant de faire signe à l'opérateur d'emporter le tout.

— Au début, Sloops ne voulait pas utiliser ces

grains, dit Ty en commençant un nouveau chargement. Il disait que cette combine ne lui plaisait pas, pas de factures et toutes ces expéditions. C'était comme si George Brown nous faisait le coup de la vente forcée. Mais les commandes continuaient de venir si vite qu'en deux jours nous avons épuisé notre stock normal. Sloops a téléphoné à l'entrepôt de café le plus voisin, celui de Washington. Il n'y a qu'une poignée d'entrepôts de café dans tout le pays, tu sais. C'est un domaine limité. Beaucoup de chances de promotion, si on sait ce qu'on fait. C'est comme disaient les Romains. Tu sais qui étaient les Romains ?

— Fiche-moi la paix avec les Romains, grommela Remo. Pourquoi est-ce que Sloops a téléphoné à l'entrepôt de Washington ?

— Pour voir s'ils nous vendraient d'autre café. Comme je disais, Sloops ne voulait pas utiliser les nouveaux grains, vu qu'il pensait qu'ils étaient volés.

— Et est-ce que Washington vous a livré du café ?

— Ben non. Ils étaient dans la même situation que nous. Plus de commandes qu'ils ne pouvaient fournir. Mais ils fournissaient. Et tu sais avec quoi ?

— Les grains de George Brown de l'Indiana.

— Tu l'as dit, mon pote.

Remo chargea des sacs en silence, heureux que le loquace Ty ait fini par être à court de conversation.

— Qu'est-ce que Sloops a fait ? demanda-t-il enfin en lançant un sac au sommet de la pile.

Ty s'esclaffa.

— Il a reconnu que j'avais bien fait de conclure l'affaire du nouveau café. Maintenant, c'est ce que nous expédions.

Surpris, Remo récupéra vivement le sac qu'il venait de charger.

— C'est ce café-là ?

— Tous les sacs, oui. Et il en arrive encore tous les jours.

Un pli se forma sur le front de Ty alors qu'il avait les yeux fixés sur le sac de soixante-quinze kilos suspendu entre le pouce et l'index de Remo.

— Comment est-ce que tu fais ça ? demanda-t-il d'un air soupçonneux.

Remo ne faisait pas attention à lui. De l'ongle du pouce gauche, il fendit l'épais sac de jute. Une cascade de grains noirs parfumés en jaillit.

— Avec ton pouce ! s'exclama Ty. Mince, d'où est-ce que tu as des mains comme ça ? Tu presses des balles de tennis, ou quoi ?

Remo goûta un des grains et le cracha aussitôt. C'était exactement ce qu'il cherchait.

— D'où est-ce que ça vient, ça ?

— De Colombie, je te dis. Je l'ai toujours su, même avant de voir la preuve. Je suis capable de reconnaître du café de...

— Où ça, en Colombie ? cria Remo.

Ty longea les sacs entassés par rangées de huit sur toute la longueur de l'immense entrepôt.

— Attends voir... Il y a un timbre sur le premier sac de chaque livraison. Un timbre du gouvernement colombien. Ça donne le site de la plantation... Non, je regrette, mon vieux, dit Ty en poussant un peu quelques sacs. Il ne doit pas y avoir plus de six ou sept sacs estampillés dans toute la boîte. Jamais nous ne trouverons... Hé ! Qu'est-ce que tu fabriques ?

Il se frotta les yeux. Remo fonçait dans les sacs comme un furet dément. Il les soulevait par deux, les examinait devant et derrière et les rejetait par-dessus son épaule avec juste assez de force pour qu'ils aillent heurter légèrement le mur opposé et glisser en place, en hautes piles bien nettes.

— En voilà un ! s'écria-t-il en jetant nonchalamment l'autre sac sur l'élévateur.

Ty s'approcha, le regard encore rivé sur le mur du fond pour compter les sacs.

— Trente-huit, trente-neuf... merde, tu viens de déplacer près de trois mille kilos en quinze secondes !

— Peruvina, lut Remo, penché sur le timbre vert à moitié effacé. C'est ça, l'endroit ?

— Ouais... J'ai regardé sur l'atlas. C'est à environ cent cinquante kilomètres au nord de Bogota. Un bon pays de café. Ça doit être une plantation privée.

D'un doigt hésitant, il tâta l'avant-bras peu spectaculaire de Remo.

Sloops appela, de son bureau près de l'entrée.

— Hé, Remo !

Ses pas résonnèrent lentement sur le ciment du sol.

— Mauvaise nouvelle. Il y a un rappel général de tout le café en vente. Une histoire de trafic quelconque. Tout le monde sauf Ty et moi est débauché jusqu'à nouvel ordre. Tu veux que j'envoie ton salaire au *Bon Repos Motel ?*

— Gardez-le, grogna Remo en courant vers la porte.

— Hé, attends une minute ! cria Ty en lui courant après. Faut que je te demande quelque chose.

— Comment j'ai déplacé les sacs si vite ?

— Ouais. Comment t'as fait ? Enfin quoi, tu n'es même pas musclé. T'as pour ainsi dire pas de deltos. Tu t'entraînes par l'isométrie, ou quoi ?

— Des épingles, dit Remo.

— Des épingles ?

— Tous les soirs. Je plante cent épingles sur tout mon crâne.

— Aïe ! Des épingles spéciales ?

— Longues. A tête bleue. Faut que la tête soit bleue. Et faut manger beaucoup de chou pourri. Ça durcit le crâne.

— Ça me paraît bizarre, comme entraînement, dit Ty en se tâtant le crâne avec précaution.

— C'était la méthode des anciens Glods. T'as entendu parler des Glods ?

— Euh... Ils faisaient des statues ou quelque chose ?

— C'est ça, c'est les Glods, ça.

— Probable qu'ils savaient ce qu'ils faisaient.

— Tu peux te fier aux Glods, petit.

Sur ce, Remo sauta en souplesse la grille de trois mètres entourant l'enceinte.

Dans l'ombre, deux yeux observaient. Une paire de jambes marcha lentement vers les deux hommes restés dans l'entrepôt. Une paire de mains gantées de gris vissa un gros silencieux sur le canon d'un Browning automatique.

Deux petites explosions étouffées se firent entendre. Ty et Sloops s'écroulèrent en un seul tas, un trou dans le front. Ça ne saignait pas. Les yeux des deux cadavres étaient tournés dans la même direction, avec une expression de stupéfaction.

CHAPITRE VII

Paul « Pappy » Eisenstein était un optimiste. Même si son gagne-pain avait disparu, il avait foi en l'avenir de l'Amérique. Et cet avenir, croyait-il avec ferveur, était entre les mains des enfants, derrière les murs sacrés de l'école préparatoire 109.

Il attendait donc, plein d'espoir, en se dandinant d'un pied sur l'autre, tandis que la cloche finale sonnait dans le vieux bâtiment de briques et que les écoliers de sixième et de cinquième, dont les classes étaient les plus près de la porte, surgissaient avec leur exubérance habituelle en poussant des cris aigus.

— Hé, Frankie... Frankie ! chuchota-t-il en se dirigeant, avec un sourire forcé, vers un gosse de douze ans à l'air de petit dur. J'ai du bon. Du rouge de Panama. Ça te rendra dingue.

— Foutez-moi la paix, dit Frankie avec dédain. La marijuana c'est *out*. Personne ne fume plus de joints.

— Allez ah, petit. Rien que trente ou quarante grammes. Pour faire une fleur, en souvenir du bon vieux temps.

— Je ne suis pas le bureau de bienfaisance,

rétorqua Frankie, le poing serré autour de ses cinquante dollars d'argent de poche.

— Je te ferai un prix, implora Pappy mais Frankie s'éloigna et le vieux lui courut après. Écoute, on peut s'arranger, tu m'envoies deux, trois gosses, peut-être des ploucs qui savent pas ce qui est *in* et ce qui est *out*. Et je te refilerai une commission. Hein, Frankie ? Qu'est-ce que t'en dis ?

L'enfant réfléchit mais finit par secouer résolument la tête.

— Non. Y a personne d'assez plouc pour se figurer que la marijuana c'est cool. Et d'abord, le café est meilleur. Ça peut se mélanger avec de la crème glacée.

Pappy joua son atout.

— Sans blague ? Eh bien c'est plus la peine de penser à te défoncer aux cafés maltés. Parce que le café a été rappelé. T'as compris ? Il n'y a plus de café ! conclut-il avec un sourire triomphant mais Frankie ricana.

— Y a rien de plus triste qu'un vieux dealer.

— Qu'est-ce que tu racontes ?

— Je raconte que vous êtes tellement plus dans le coup qu'il faudrait vous mettre au haras, Pappy.

Le gosse montra la rue, derrière le grillage du terrain de jeux. Au-delà des balançoires, des toboggans et des canards à ressort, un groupe d'enfants agitaient des dollars. Au milieu du groupe, il y avait une vieille dame à cheveux gris, avec des lunettes.

— Qui c'est ça ? demanda Pappy en se dirigeant rapidement vers la dame.

— C'est la concurrence ! lança Frankie.

La vieille femme distribuait de petites enveloppes de cellophane pleines de poudre brune, en échange de billets de cinq dollars.

— Est-ce que c'est bon ? demanda un petit môme.

— Des cristaux de Folger, répondit la dame avec un doux sourire, les yeux pétillants derrière les verres à double foyer.

— Vous avez du Maxwell ? demanda un garçon en jean de velours côtelé avec un ours brodé sur la poche. Mon frère dit que le Maxwell c'est le meilleur.

— J'en aurai la semaine prochaine. Et aussi du Hills Brothers.

— Ah, chouette !

La dame lui donna une petite tape affectueuse sur la joue.

— Et si tu veux bien payer un peu plus, j'ai une édition spéciale d'A & P Frais Moulu pour les goûters d'enfants. De la dynamite.

— J'en veux !

— Moi aussi ! pépia une petite voix claire tandis que la bonne mère-grand continuait de distribuer ses sachets.

Pappy secoua tristement la tête.

— Je ne peux pas y croire. Vendre des sachets à cinq centimes à des petits mômes.

— Qu'est-ce que vous faisiez, vous ? demanda Frankie.

Il respira profondément son enveloppe de café soluble et s'en frotta un peu sur les gencives. Pappy s'indigna.

— Je ne fourguais pas de café ! protesta-t-il.

— On dit toujours que la marijuana conduit aux drogues dures.

Pappy examinait attentivement la vieille dame.

— Dites donc, votre tête me dit quelque chose.

Elle le toisa et le repoussa.

— Fous le camp, pue-de-la-gueule ! C'est mon territoire, maintenant.

— Non, sans blague, minute ! Ça fait des années que je viens ici. Et maintenant faudrait que je... que je...

Les mots s'étranglèrent dans sa gorge. Ses yeux regardaient fixement, derrière la vieille dame et les enfants... une Cadillac Seville noire qui roulait lentement dans la rue. Et derrière la voiture, un jeune homme en tee-shirt qui marchait vers lui sur le trottoir, un garçon aux cheveux et aux yeux noirs, avec de gros poignets épais.

— Pardon, faut que je me sauve, marmonna Pappy en prenant ses jambes à son cou dans l'autre direction.

Mais l'homme aux poignets épais parut alors se déplacer sans marcher. Et avant que Pappy, courant comme un dératé, arrive au coin de la rue, il se trouva plaqué contre le grillage du terrain de jeux, les avant-bras et les mollets enfoncés dans les mailles de fer.

— Eh bien, Pappy Eisenstein, dit Remo. En voilà une surprise.

— Ouais, de quoi se tordre. Comment vous m'avez trouvé ?

— Simple coup de pot, répondit Remo en souriant.

C'était effectivement un pur hasard. En quittant l'entrepôt, Remo avait senti qu'il était suivi. La même Cadillac Seville noire aux vitres polaroïd teintées avait roulé derrière lui sur près de deux kilomètres, en le dépassant uniquement pour permettre au peu de circulation de passer et puis en faisant le tour d'un pâté de maisons pour revenir derrière lui. Quand il s'était finalement approché pour dire deux mots au conducteur, la Seville avait accéléré et ralenti juste assez pour laisser à Remo une chance de la rattraper.

C'était un jeu, avait pensé Remo, un riche et vieux cinglé qui se baladait, qui s'amusait avec les piétons. Le jeu avait amené le petit coup de chance pour Remo et, sentant apparemment que cette partie de chat et de la souris était finie, le conducteur avait renoncé et tourné au coin suivant.

— Je veux te parler, dit Remo. Ne t'en va pas.

— Très drôle. Ha, ha, je ris, dit amèrement Pappy tout en se tortillant pour récupérer ses pieds qui se trouvaient de l'autre côté du grillage.

Les enfants se contorsionnaient pour imiter sa position ridicule en se tordant de rire. La vieille dame battait modestement des cils derrière ses lunettes.

— Je vous remercie infiniment, mon bon monsieur, susurra-t-elle à Remo. Ce dégénéré commençait à molester les tout-petits et, comme vous le voyez, je ne suis qu'une pauvre vieille veuve sans défense...

— ... qui fourgue de la drogue aux bébés, acheva-t-il.

Ses mains voletèrent plus vite que des hirondelles, saisirent tous les sachets des enfants et les déchirèrent en mille morceaux, envoyant le café se disperser au vent. Ensuite, sans une pause, il arracha la liasse de billets de cinq dollars à la vieille dame et la déchira aussi. Pour finir, il vida toute la réserve du sac à main et confia la poudre à la brise vagabonde.

Tout le monde, sauf Pappy qui sanglotait bruyamment, fut trop suffoqué pour réagir. La vieille dame fut la première à se remettre. Avec un « tss-tsss » réprobateur elle brandit un poing velu en direction de la mâchoire de Remo. Il attrapa le poing, fit pivoter la vieille dame selon un arc de trois cent soixante degrés et arracha la masse de cheveux gris. Dessous, il y avait une coiffure en brosse.

— Tiens, bonjour, Mémé.

— Hector Gomez ! hurla Pappy. Je le savais ! Je le savais ! Nom de Dieu, ces foutus dealers de merde ne reculent devant rien !

Hector haussa les épaules. Les enfants poussaient des cris perçants. Ils glapirent encore plus fort quand Remo les expédia d'une bonne claque sur les fesses et ils s'enfuirent en galopant dans la rue.

— Vous ruinez ma clientèle, lui dit Hector.

— Ce n'est pas tout ce que je vais ruiner !

Remo saisit l'homme par la ceinture et le lança sans effort par-dessus le grillage, dans le terrain de jeux. Le revendeur atterrit sur un des canards à ressort. Les gros boudins d'acier s'affaissèrent sous le poids du pesant Hector et se détendirent brusquement en l'expédiant dans les airs.

— Ça, je ne suis pas obligé de le regarder, dit Pappy de sa position contre le grillage. J'ai déjà vu tout ça.

— Il ne va pas mourir, assura gentiment Remo. Mais il ne reparaîtra plus jamais non plus dans la profession.

Le *floc* apprit à Pappy que c'était fini. Ouvrant les yeux, il vit que l'homme en costume de grand-maman était retombé la tête la première sur le toit de l'école préparatoire 109.

— C'est bien ce que je pensais voir, gémit-il en faisant une grimace.

— Il n'est pas mort, affirma Remo tout en s'époussetant les mains pleines de résidus de café.

Si je l'avais lancé à deux ou trois degrés plus loin, dans l'une ou l'autre direction, je l'aurais tué, mais...

Pappy écarquillait des yeux terrifiés. Remo s'éclaircit la gorge.

— Oui, enfin, ça n'a pas d'importance. Je croyais que tu filais droit, Pappy. Tu m'avais promis.

— Ouais, je vais filer droit. Je vous dois bien ça.

— Tu me dois encore de l'autre fois où je t'ai laissé vivre. Il y a dix ans, tu te souviens ?

Pappy se souvenait de Remo, oh oui !

Comme s'il pourrait oublier un tueur pareil. La plus grande collection de pourvoyeurs de drogue jamais rassemblée et Remo leur était passé au travers comme un couteau brûlant dans une motte de beurre. Quinze mecs morts en huit secondes. Et les mecs avaient des flingues. Remo et le vieux Chinetoque avec lui ne s'étaient servi que de leurs mains.

Pappy n'était alors qu'un garçon de courses, un vieil ivrogne inoffensif que les caïds laissaient assister à leurs réunions, pour qu'ils puissent l'envoyer chercher de la glace ou des filles. Alors, quand l'holocauste était venu, Remo avait laissé Pappy filer, pour avertir les autres dans la profession.

— J'ai cssayé de trouver un vrai boulot, geignit Pappy. Mais je sais rien faire d'autre. Et même, pour dire la vérité, j'ai jamais été bien bon à celui-là non plus.

— Fais-moi grâce du mélo.

— Bon, bon, d'accord. Alors arrachez-moi les yeux. Vous voulez de la drogue, vous vous trompez d'adresse.

— Jc ne veux pas de drogue. Je veux une filière colombienne, répliqua Remo. Les contrebandiers d'herbe font des affaires en Colombie, à ce qu'il paraît.

— Vous vous trompez toujours d'adresse. Moi, je suis un revendeur de marijuana. Le dernier d'une espèce en voie de disparition. Personne ne se rend plus en Colombie pour chercher de l'herbe. Si vous voulez entrer en Colombie sans passeport, c'est celui-là que vous devez voir, dit Pappy en désignant Gomez sur le toit. Seulement il n'est plus en état de parler, gros malin !

Pappy tira sur les revers de sa veste élimée.

— Qu'est-ce qu'il va chercher en Colombie ?

Pappy leva les yeux au ciel.

— Du café, mec, du café ! Vous avez du caca dans les yeux ou quoi ? Les mômes sont défoncés à l'héroïne au lait. C'est dans le café. Ne me demandez pas comment ça y arrive, je saurais pas distinguer l'héroïne de l'héliotrope mais c'est ça que les dealers à la coule fourguent aujourd'hui, du café.

— Mais le café vient juste d'être retiré de la vente aujourd'hui ! protesta Remo. Jusqu'à présent, c'était légal.

— Vous prenez ces types pour ces cons ? Les grands pourvoyeurs, les gros mecs avec leurs Lincoln, les caïds de la Mafia avec des entrepôts bourrés de horse, ils perdent leur chemise, tout comme moi. Nous nous retrouvons sans un parce que nous ne l'avons pas vu venir. Nous pensions qu'il y aurait toujours quelqu'un pour acheter de l'herbe ou de l'héroïne normale. Mais les marioles, les indépendants, ils voient tout le monde se défoncer au café, alors qu'est-ce qu'ils pensent, hein ? demanda Pappy en se tapant le front. Je m'en vais vous dire qu'est-ce qu'ils pensent. Ils se disent merde, ce truc est trop bon pour être autorisé. Alors, naturellement, ça ne va pas rester autorisé longtemps, n'est-ce pas ?

Remo hocha la tête.

— Alors la semaine dernière, ils se mettent à faire leurs propres courses en Colombie pour se procurer du café. Hector et ses hommes, ils devaient décoller ce soir, seulement vous leur avez tout foutu en l'air. A moins que vous vouliez bien prendre sa place ?

— Peut-être... Comment est-ce que tu es au courant de l'opération d'Hector ?

— Bof... J'ai appris un petit truc ici, un autre là. Ils travaillent avec un DC 3 du terrain d'Endley. Le boulot d'Hector, c'est de graisser la patte à un fonctionnaire colombien, à l'autre bout. Dix mille dollars. J'allais demander à Hector qu'il me mette dans son coup, et puis après, je l'aurais balancé à Johnny Arcadi, mais probable que vous avez cassé ce coup-là aussi.

— Qu'est-ce que tu racontes ?

Pappy toisa Remo avec un souverain mépris.

— Ah, on ne vous a pas dit ? Eh bien, faites excuse, mais Johnny Arcadi est mort.

— Quoi !

— Une surprise, hein ?

— Quand ?

— Hier, dans la journée. Vous devez bien le savoir, allez. Vous l'avez tué. En même temps que cet Amfat Hassam.

Remo eut le souffle coupé.

— Hassam aussi, murmura-t-il.

— Ouais. Hassam. Et sa bonne femme. Et toutes ces danseuses qu'il avait. C'était à la télé, dit Pappy et il mit un bras autour des épaules de Remo. Ecoutez, moi ça ne me regarde pas, comment vous prenez votre pied, mais vous avez peut-être travaillé trop dur, si ça se trouve ? Enfin quoi, toutes ces poupées...

— Je ne les ai pas tuées, marmonna Remo, tout égaré.

Puis il regarda Pappy, comprit qu'il en avait déjà trop dit et le repoussa. Pappy leva les deux mains.

— D'accord, d'accord, je ne dis rien ! Je vous ai seulement raconté, pour Hector, histoire que vous compreniez que j'étais de votre côté. Je pensais que vous alliez me tuer aussi, hein ? Alors ? Qu'est-ce que vous en dites, mon vieux ?

Les mains de Pappy tremblaient violemment. Remo le regardait fixement. Morts. Tous morts. Tous les objectifs qu'il avait épargnés, et tout un stock en plus. Comment ? Qui ?

Pappy Eisenstein tremblait toujours. Son regard était celui d'un homme acculé dans un coin par une bête fauve.

— Fous-moi le camp d'ici, grogna Remo.

Pappy recula en chancelant, fit demi-tour et s'enfuit.

Dans une cabine téléphonique près de l'école, Remo forma les numéros de code des relais qui le mettraient en communication avec le sanatorium de Folcroft. Il tapa si rageusement sur les touches que tout le bazar menaça de s'effondrer.

— Oui ?

La voix de Smith était particulièrement acide.

— Qu'est-ce qui se passe ? demanda Remo.

La réponse fut agitée et très sèche :

— J'aimerais vous poser la même question. Il n'y avait absolument *aucune* raison... Enfin, ce qui est fait est fait. Je compte sur vous pour me faire un rapport détaillé une fois la mission achevée.

Remo entendit à peine. Il revoyait les yeux de Pappy Eisenstein, des yeux terrifiés qui le regardaient comme s'il était un tueur qui ne pouvait se retenir de tuer.

Mais il n'avait *pas* tué tout ce monde ! Il n'avait pas pu ! Il s'entendit parler, d'une voix creuse et lointaine.

— Comment est-ce qu'ils sont morts ?

— Les rapports de police attribuent toutes ces morts à une seule blessure par balle en pleine tête.

— Toutes ? Arcadi ? Hassam ? demanda Remo en grinçant des dents. Les filles aussi ?

— Toutes sauf une. Une fille de vingt-trois ans, Sandra Hess. Une danseuse.

— Sandy, souffla Remo en se rappelant la jolie blonde aux yeux brillants.

— Elle est dans le coma. On ne s'attend pas à ce qu'elle en sorte, alors au moins il n'y aura pas de témoin.

— De té... Dieu de Dieu, espèce de glaçon sans cœur, vous croyez que j'ai fait tout ça ?

— Les quatre gardes du corps de Hassam sont morts aussi, ainsi que le majordome, poursuivit froidement Smith. Et deux hommes à l'entrepôt de Port Henry. Un nommé Tyrone Bates et le patron, Mr Sloops.

— Sloops ? murmura Remo. Il ne savait rien du tout.

— Pas plus que les filles de chez Hassam, répliqua impitoyablement Smith. Remo ! Est-ce que vous voulez me faire croire que vous n'êtes pour rien dans ces meurtres ?

Remo se força à respirer profondément.

— Je vais dire ça une fois seulement. Je n'ai tué aucune de ces personnes. Pas une seule. C'est clair ?

Smith mit longtemps à répondre.

— Oui, dit-il enfin. Je crois que vous ne jugeriez

pas nécessaire de simuler des blessures par balle. Ce ne serait pas logique.

Remo essaya de mettre un peu d'ordre dans ses idées.

— Deux choses, déclara-t-il. Je vais avoir besoin de dix mille dollars.

Smith soupira.

— Je vous enverrai un mandat télégraphique. Quoi encore ?

— Est-ce que vous avez des renseignements sur un certain George Brown, de la North American Coffee Company à Saxonburg, dans l'Indiana ?

Les ordinateurs de Folcroft bourdonnèrent.

— Ça ne donne rien dans son ensemble, dit Smith. Mais je vais examiner les éléments. Pourquoi ?

Remo lui parla de l'homme qui avait vendu le café à l'entrepôt de Port Henry sans prendre la peine de venir encaisser le règlement, ainsi que de la plantation à Peruvina.

— Il se peut que ça colle quelque part, estima Smith. Mais le fait est que tous ceux avec qui vous avez été en contact sont morts. Est-ce qu'on a attenté à votre vie ?

— Ma foi non, répondit Remo, abasourdi.

— Alors, quel que soit l'assassin, il vous veut en vie et il veut la mort de tous ceux qui sont autour de vous.

— Tous... Pappy ?

— Qu'est-ce que vous dites ? demanda Smith.

La tonalité lui répondit.

A quinze cents mètres de là, Pappy s'engouffra par la porte croulante d'un immeuble à l'abandon et attendit. Il faisait chaud, il portait un pardessus, mais il avait froid. Il fouilla dans sa poche de chemise pour prendre une cigarette, la porta à ses lèvres d'une main tremblante et l'alluma. Il tira fébrilement des bouffées, en regardant à droite et à gauche. Quand la Cadillac Seville noire apparut enfin, il poussa un soupir de soulagement et écrasa sa cigarette sur le trottoir.

— J'ai cru que vous n'arriveriez jamais, gémit-il, la figure ruisselante de sueur. Ce type a failli m'avoir.

Les mains, dans les gants gris, se lissèrent mutuellement, comme si elles se caressaient.

— Il va à l'aéroport ?

Pappy hocha vigoureusement la tête.

— Tout a marché exactement comme vous l'avez dit. Sauf Hector Gomez. Qui aurait cru qu'il rappliquerait ?

— Moi, dit la personne en noir.

Une main gantée se glissa sous la veste noire légère.

— Cinq sacs, rappela Pappy à son contact. Vous avez dit que vous me donneriez cinq sacs pour l'envoyer à l'aéroport.

— Vous alliez vous enfuir.

— J'avais la trouille, avoua Pappy. Enfin quoi, ce mec c'est un cinglé, il tue tout le monde à droite et à gauche. Alors pendant une seconde, là, j'ai eu la trouille. Vous l'auriez pas eue ?

— Moi ? Non.

Un 38 Browning équipé d'un silencieux glissa hors de la veste.

Les yeux de Pappy s'arrondirent.

— Vous...

— Adieu, Pappy.

Et avant que Pappy ait le temps de pousser un cri, le côté gauche de sa figure sauta en mille morceaux.

Une foule de badauds horrifiés se pressait autour d'une ambulance. A quelques mètres, deux hommes en blanc soulevaient une civière couverte d'un drap blanc trempé de sang.

Remo se fraya un passage dans la cohue, jusqu'au brancard, et rabattit le drap. Quelqu'un laissa échapper un petit cri. Un homme vomit brusquement sur ses voisins. Les traits en bouillie de Pappy ne ressemblaient plus à rien.

— Hé, vous ! Foutez le camp ! cria un des ambulanciers en repoussant le bras de Remo. Vous connaissez ce type, ou quoi ? Feriez peut-être bien de faire une déposition pour la police.

— Non... non, marmonna Remo en battant en retraite.

— Foutu sadique, grogna l'ambulancier et il se hâta de recouvrir avec le drap les restes de Pappy.

Remo alla à l'aéroport à pied.

Pappy aussi ! Ils étaient tous morts. Tous.

Mais pourquoi ? Et, une question plus inquiétante, pourquoi est-ce qu'il était encore en vie ?

Une seule chose était certaine. Quelqu'un, quelqu'un qui tuait comme qui rigole, l'avait deviné. Jusqu'où allait ce qu'il savait ? Jusqu'à Chiun ? A Smith ? A CURE, l'organisation elle-même ?

Avant d'arriver à l'aéoroport, il passa un autre coup de fil.

— Chiun, vous serez en colère contre moi plus tard. En attendant, allez à Folcroft et restez avec Smith jusqu'à ce que je vous donne de mes nouvelles.

— La vie de l'empereur est-elle en danger ?

— Je ne sais pas. Mais ne le quittez pas. J'ai peur.

CHAPITRE VIII

Smith avait peur, lui aussi. Les vagues meurtres par overdose d'héroïne se transformaient rapidement en meurtres particuliers par balles. Et ces balles avaient toutes visé des gens à qui Remo avait parlé.

Sans cesse, il programmait le peu de renseignements qu'il avait dans les ordinateurs de Folcroft. Le mystérieux George Brown de la North American Coffee Company. Rien. *Rien.* Aucun lien entre Arcadi, Hassam, les hommes de l'entrepôt. Et la mort de Mrs Hassam et des autres femmes dans la demeure des Hassam semblait n'avoir aucun rapport du tout.

Un seul point était clair : quiconque était responsable des meurtres ne voulait absolument pas de témoins et cette personne était aussi impitoyable et dépourvue de scrupules qu'on peut l'imaginer. Mais pourquoi le tueur n'avait-il pas cherché à éliminer Remo ?

Les ordinateurs répétaient leurs réponses, les seules possibles.

Quelqu'un savait tout de Remo et le voulait en vie, du moins pour le moment.

Et ce quelqu'un était peut-être au courant de CURE et voulait la détruire.

Le café. Le café était le seul fil conducteur qu'avait Smith.

A 10 h 30, il éteignit son terminal, prit son chapeau marron et son attaché-case contenant le téléphone portatif, se dépouilla de tous ses papiers d'identité à l'exception de quelques fausses cartes de crédit et d'une carte bidon de fonctionnaire du gouvernement, venant d'un dossier comprenant tous les types d'identification possible, depuis l'employé des postes jusqu'à la Maison-Blanche.

Dr Harold W. Smith
Enquêteur particulier du Président

La blonde évaporée, dans l'antichambre du sous-secrétaire d'État adjoint de l'Intérieur, chargé des règlements concernant l'importation et l'exportation de produits agricoles, examina la carte d'un œil vague.

— Euh... c'est bien le bureau d'Hugo Donnelly ? demanda Smith.

L'œil de la blonde resta vague.

— Le sous-secrétaire d'État adjoint...

— Ah, Donnie Boy ! s'exclama-t-elle gaiement. Ouais. C'est mon patron. Je suis sa secrétaire.

Elle se servit de la carte de Smith pour curer ses ongles bordeaux. De toute évidence, pensa Smith, Mr Donnelly ne choisissait pas ses secrétaires en se fondant sur leurs qualités cérébrales.

Malgré tout, il lui avait fallu trois heures pour arriver simplement à la voir, elle et même pas son patron. Durant la première heure d'attente, Smith s'était dit que le bureau de Donnelly était petit et devait être débordé de travail après le monumental embargo sur le café. Le café corsé à l'héroïne était un ennui majeur, assez majeur pour causer la mort de milliers de gens et ruiner pour ainsi dire du jour au lendemain une industrie internationale florissante.

Ces choses-là prennent du temps, se répétait Smith. Quand il découvrit, la deuxième heure largement entamée, que Donnelly n'était même pas dans son bureau, sa tolérance en prit un coup. Apparemment, la crise n'était pas suffisamment majeure pour faire revenir de son déjeuner avant le soir le responsable de cette gigantesque opération.

Le sens de l'ordre de Smith était gravement offensé. Il attendait dans le hall depuis 11 h 30. La réceptionniste était déjà partie, à cette heure et elle n'était pas rentrée avant 15 h 00. Hugo Donnelly, le glorieux adjoint en personne, n'avait même pas téléphoné.

— C'est comme Watergate ? demanda la secrétaire en faisant claquer son chewing-gum.

— Je vous demande pardon ?

— Vous savez. Les enquêteurs spéciaux du Watergate. Ils essayaient tout le temps d'avoir les enregistrements. Mais Kennedy ne voulait pas les donner.

— Nixon, rectifia automatiquement Smith. Le nom du président, à cette époque, était Nixon.

— Ah oui, je me souviens. J'étais petite. C'était à la télé. Les audiences publiques intervenaient tout le temps dans les *Incorruptibles*.

— Euh... oui, Mademoiselle...

Elle extirpa un petit bloc de bois, avec son nom gravé, d'un monceau de paperasses jaunies par les ans.

— Devoe, dit-elle fièrement en époussetant la petite plaque. Darcy Devoe. Mon nom, c'était Linda Smith mais je l'ai changé. Parce que, quoi, on n'a aucune chance de se faire remarquer dans une ville comme Washington, avec un nom idiot comme Smith, n'est-ce pas, monsieur... euh...

Elle fouilla dans le désordre de son bureau pour chercher la carte qui avait déjà disparu dans le chaos.

— Smith, dit secourablement Smith.

— Ah oui. Bon, alors vous enquêtez sur quoi ? Donnie Boy n'a pas d'enregistrements. Il aime les disques, pas les bandes.

— Les disques ?

— Mantovani, Sinatra, des trucs comme ça à pleurer. Vous voulez en écouter ?

— Non, merci.

Darcy Devoe laissa tomber ses bras d'un air découragé.

— Mais qu'est-ce que vous voulez, alors ?

— Je préfère aborder ce sujet avec Mr Donnelly, répondit sèchement Smith.

— Comme vous voudrez. Vous voulez du thé ou quelque chose ? Avant on avait du café, mais ça c'est fini. Y avait des saletés dedans, à ce qu'il paraît. Nous avons tout repris.

— Je vois.

Smith jeta un coup d'œil à sa montre.

— Faut pas vous impatienter, mon chou, dit gentiment Darcy. Donnie Boy est toujours en retard, asseyez-vous et attendez tranquillement.

Elle s'installa confortablement derrière le monceau de papiers froissés jonchant son bureau et se lima les ongles. Smith alla vers un canapé de cuir, essaya de s'asseoir, en fut incapable et regarda de nouveau la grande aiguille de sa montre.

— Excusez-moi, mais j'ai été assis pendant près de quatre heures, maugréa-t-il. Et l'affaire dont je dois parler à Mr Donnelly est extrêmement urgente.

La jolie figure de Darcy exprima une vague sollicitude.

— Qu'est-ce qu'il y a, vous avez des crampes, ou quoi ?

— Non, pas du tout, je...

— Venez donc par ici, mon chou, dit-elle en se levant et en lui faisant signe d'un ongle empourpré. Darcy va vous guérir ça.

— Euh... merci, marmonna Smith en reculant.

— Mais si, vous verrez... Non ?... Ah, je parie que vous êtes là pour cette histoire de café, hein ?

Smith cligna des yeux.

— Eh bien... Oui, en effet. Peut-être pourriez-vous me fournir quelques renseignements ?

Darcy eut l'air perplexe.

— Ma foi, je ne sais pas. Nous n'en recevons pas beaucoup, par ici.

— Je m'en doutais. Mais c'est votre service qui est chargé du rappel du café, n'est-ce pas ?

— Bien sûr !

— Et vous avez enquêté sur toutes les compagnies de café qui font des affaires avec les plantations ?

Darcy se fourra un doigt dans la bouche pour mieux réfléchir.

— Ouais... Oui, on a fait ça.

— Au cours de vos enquêtes, vous êtes-vous intéressés à une compagnie de café dont le siège est à Saxonburg en Indiana ?

— En Inde ? Eh bien, il y a du café à Java. C'est près de l'Inde, n'est-ce pas ?

— *L'Indiana !* cria Smith. La North American Coffee Company à Saxonburg dans l'Indiana !

Darcy secoua la tête avec fermeté.

— Vous devez vous trompez d'adresse. Nous ne nous occupons que des affaires d'autres pays. Vous devriez vous adresser à quelqu'un qui s'occupe des états. Le Département d'État, peut-être ?

Smith tremblait d'exaspération. C'était déjà difficile de parler à Chiun, mais Darcy Devoe était capable de rendre un homme complètement fou.

— Écoutez un peu, jeune personne. Je sais d'une source digne de foi que quelqu'un vend du café de Colombie, par une société dont le siège est à Saxonburg dans l'Indiana.

— Sans blague ? rétorqua-t-elle en levant un menton agressif. Écoutez vous-même, Monsieur je-sais-tout ! Si nous pouvions faire pousser du café en Indiana, nous n'aurions pas à en importer, rien du tout, nous importerions. Mr Donnelly n'aurait pas d'emploi. Et ça, vous savez ce que ça voudrait dire !

Smith était médusé.

— Je ne comprends pas. Qu'est-ce que ça voudrait dire ?

— Le *chômage !* glapit-elle.

Smith hennit. Au prix d'un gros effort, il se coiffa de son chapeau. Quand il parla, ce fut d'une voix basse et monocorde.

— Je serai à l'hôtel *Excelsior*. Priez Mr Donnelly de me téléphoner dès son retour, s'il vous plaît.

Darcy Devoe lui adressa son plus joli sourire.

— Je n'y manquerai pas, monsieur... euh...

Elle se remit à fouiller dans son désordre.

— Toute réflexion faite, c'est moi qui l'appellerai, dit Smith avec dignité.

L'Excelsior était un hôtel propre et sans prétention dans un quartier de Washington où les hommes politiques ne restaient que le temps d'un rendez-vous avec une call-girl. Il était inutile, pensait Smith, de dépenser cent dollars ou plus pour une chambre qu'il n'utiliserait qu'en attendant qu'Hugo Donnelly revienne de son déjeuner prolongé.

Il couvrit la distance à pied, pour avoir tout le temps de se remettre et d'oublier le bourbier qu'était le cerveau de Darcy Devoe. La circulation était embouteillée dans les rues entourant *l'Excelsior* et les trottoirs encombrés d'acheteurs et de vagabonds sans travail. Des prostituées en minijupe ou pantalon collant s'alignaient déjà le long des immeubles pour guetter la clientèle du soir.

A côté de l'hôtel, un grand immeuble était en construction et le vacarme des riveteuses et des grues donnait déjà la migraine à Smith. Sans aucun doute, pensa-t-il avec irritation, sa chambre serait du côté de l'hôtel exposé au travail du bâtiment. C'était la loi de la ville. Tout ce qui devait être fait l'était de la manière la plus bruyante, la plus gênante, la plus compliquée et la plus gaspilleuse possible. Il avait hâte de retrouver le nord de l'état de New York, avec son bon ordre provincial, sa propreté, son espace vivable.

Un fracas assourdissant venant du chantier de construction l'arracha à sa rêverie. Il était bousculé par une foule de dames mûres, bavardes, chargées de paquets et d'énormes sacs à main, suivi par une bande de loubards du ghetto se livrant une bataille de radios bruyantes.

Donnelly, espèce d'abruti, pensa-t-il avec détresse. Il maudit l'impulsion qui l'avait fait venir à Washington. Il aurait pu en accomplir deux fois plus en restant tranquillement à Folcroft aux commandes de ses ordinateurs.

Finalement, dans le tumulte et la bousculade, à moins de cinquante pas de l'entrée de l'hôtel, il ressentit une vive douleur au côté, si terrible que ses genoux fléchirent.

Crise cardiaque ? Était-ce son cœur ? Une crise d'appendicite foudroyante ? Avait-il été attaqué ? Impossible de le savoir. Tout ce qu'il entendait, c'était les marteaux pneumatiques de l'immeuble d'à côté et les beuglements de *Boogie All Night* d'une radio qui passait.

— Ah... ah mon Dieu, dit-il, plus surpris que souffrant et quelqu'un le poussa en le traitant d'ivrogne.

Smith porta la main à son côté d'où partaient des ondes de douleur vers ses bras et ses jambes. Une chaude humidité suinta entre ses doigts. Il ramena sa main, lentement, très lentement lui sembla-t-il. Des gouttes de sang rouge vif tracèrent un pointillé en zigzag sur le trottoir.

— On m'a tiré dessus, souffla-t-il en s'affaissant doucement.

Alors que les images de la ville se fondaient en couleurs pâles et informes, il eut la sensation lointaine d'une main gantée serrant la poignée de son attaché-case. Il tourna péniblement la tête. Le gant était gris.

Sans effort, la main recouverte du gant lui détacha les doigts de la poignée et partit avec l'attaché-case. Une mare de sang poisseuse s'étalait sous lui. Il sentait son odeur, vaguement métallique, sa vie qui le quittait. Une femme hurla.

Les lèvres de Smith formèrent le mot « CURE » que personne n'entendit. Une radio qui passait annonça la météo.

CHAPITRE IX

Le pilote du DC 3 était un homme de plus de cinquante ans, avec la figure ridée, hagarde, d'un pilote professionnel et d'un poivrot semi-pro. Pas un drogué. Remo en était certain. Probablement dans ce coup-là pour le fric.

L'autre homme d'équipage était maigre et sec, avec une allure suspecte de fouine. Petit malfrat, jugea Remo.

— Je suis le remplaçant de Gomez, annonça-t-il en grimpant à bord.

Personne ne parut s'intéresser à son identité. L'homme à tête de fouine grogna :

— T'as l'argent ?

— Dix mille, répondit Remo.

— La moitié c'est pour nous.

Remo ne discuta pas. Il compta les billets tandis que le commandant de bord emballait ses moteurs. L'autre arracha les billets et les recompta. Personne ne dit un mot avant qu'ils survolent le golfe du Honduras.

— Nous serons en Colombie dans moins d'une heure, annonça le type maigre.

Il tira de sa poche un flacon plat et but longuement. Les vapeurs de son haleine emplirent aussitôt la cabine.

— L'avion, ça me rend toujours nerveux, expliqua-t-il avant de boire encore un coup. Comment tu t'appelles ?

— Remo.

L'autre but encore. L'alcool le détendait, apparemment, le mettait d'humeur plus ou moins bavarde.

— Lui, c'est Thompson, dit-il en indiquant le pilote du menton. Il a été viré des compagnies de ligne parce qu'il picolait. Hé, Thompson ! T'en veux un coup ?

— Fous-moi la paix, gronda le pilote.

Ses yeux restèrent fixés droit devant lui, sur le pare-brise et sur ses instruments, comme s'il ne voulait pas les souiller en regardant son partenaire.

— Thompson n'aime pas ce boulot.

— Je ne sais rien de ton boulot et je ne veux rien savoir !

Le maigrichon renifla et alluma une cigarette. Il jeta l'allumette éteinte sur les genoux du pilote.

— Les bons gros salaires et les petites hôtesses te manquent, hein ?

Le pilote ramassa l'allumette et la jeta par terre.

— Qui êtes-vous ? demanda Remo dans l'espoir de briser la tension.

— C'est moi qui pose les questions par ici, déclara le petit furet et il se retourna si violemment dans son siège que le whisky de son flacon déborda.

— D'accord.

La réponse parut faire l'affaire.

— Belloc. Mon nom c'est Belloc. *Monsieur* Belloc, pour toi.

Il but encore une bonne gorgée.

— T'as peur, hein ?

— Pas spécialement, dit Remo.

— Ah dis donc, le joli petit mec courageux !

Les yeux de Belloc examinèrent Remo, à la manière des vétérans de la taule, ceux qui ont réglé leur compte à assez de co-détenus pour avoir droit à une cartouche de cigarettes supplémentaire par semaine, qui regardent de la viande fraîche. Repris de justice, Remo en était sûr. Et pas assez de matière grise là-haut pour être le cerveau d'un plan comportant un avion et un pilote récalcitrant.

— Fallait être drôlement intelligent pour comprendre que l'héroïne était dans le café, dit Remo pour sonder un peu Belloc. Vous avez été rudement malin pour savoir que le café allait être interdit.

Belloc sourit et Remo en rajouta :

— La contrebande, c'est le seul moyen de gagner de l'argent, ces temps-ci.

Le sourire de Belloc se transforma en rire sarcastique. La cendre de sa cigarette tomba sur sa chemise.

— De la merde ! C'est ça que t'es, de la merde. T'as jamais fait un vol de contrebande de ta vie. T'as pas le type, déclara-t-il et il but si avidement au goulot que de l'alcool coula sur son menton. Tout comme elle a dit...

— Ta gueule, grogna Thompson.

Belloc s'assombrit et suça son goulot.

— Elle ?

— Ta gueule ! cria Belloc en repoussant Remo sur le siège arrière.

— Vous avez dit *elle*.

Un rictus déforma la figure de fouine.

— T'as rien compris patate. J'ai dit « ta gueule », voilà ce que j'ai dit.

Il tira un revolver de sous son siège et le braqua sur la figure de Remo.

— Débarrasse-toi de ça, Belloc, conseilla le pilote.

— Ah, de l'air ! Qu'est-ce que ça peut foutre ? Toi, ordonna-t-il à Remo en avançant encore le canon de son arme. Allonge les autres cinq sacs.

— Je croyais que cet argent devait servir à soudoyer un fonctionnaire colombien, quand on se posera.

Belloc s'esclaffa.

— Eh bien, faudra que tu trouves un autre moyen de le soudoyer, tiens !

Remo regarda par le hublot. L'argent lui importait peu. Ce qui importait, c'était ce qui arriverait si ce cinglé déchargeait un revolver dans un petit avion à haute altitude. Il remit les billets restants, en se disant qu'il prendrait le revolver à Belloc plus tard, quand ils seraient plus près de Peruvina. Pour le moment, l'essentiel était un bon vol rapide, tranquille et sans histoire.

— C'est bien mieux comme ça, dit Belloc en prenant l'argent. Gentil et obéissant. C'est comme ça que j'aime nos passagers.

Il but encore. De la sueur perlait sur sa lèvre supérieure.

— Y en a encore pour longtemps ? demanda-t-il à Thompson.

Le pilote ne répondit pas. Belloc fit passer violemment le canon de son arme de Remo vers la tête de Thompson.

— Y en a encore pour longtemps ? cria-t-il.

— Écarte ce truc-là, répliqua froidement le pilote. Tu ne peux pas piloter cet appareil.

— Toi non plus, si t'es mort.

— Complètement cinglé, marmonna Thompson. Voilà Peruvina, dit-il en désignant une étendue verte au-delà d'une forêt. J'ai déjà amorcé la descente.

Un énorme éperon rocheux se dressait au milieu de la verdure. Tout à fait au sommet, il y avait une somptueuse hacienda et, à côté de la demeure princière, une grande coupole blanche opaque.

— Qu'est-ce que c'est que ça ? demanda Remo.

— Ta gueule, dit Belloc en ramenant le revolver vers lui. Il est temps qu'on cause, toi et moi. Ça veut dire que moi je cause et toi t'écoutes. Vu ?

— J'écoute mieux sans flingue dans le nez.

— Pas de pot. Parce qu'il va y rester. Tu te rappelles ton pote, Pappy Eisenstein ?

— Tais-toi donc, Belloc. Tu as déjà trop parlé !

— Qu'est-ce que t'en sais ? hurla Belloc. T'en sais rien, tu sais rien de rien !

— Et je ne veux rien savoir. Mais je ne veux surtout pas me faire tuer parce que tu n'as pas pu fermer ta grande gueule.

— Merde, quoi, qu'est-ce que ça fout, ce que je lui dis ? De toute façon, le connard va mourir.

Pour la première fois depuis le départ, Thompson regarda Belloc en face. Il avait une expression horrifiée que Belloc trouva amusante.

— Oh pardon, mille excuses. Tu n'es que le pilote, comme tu dis. Tu ne sais rien.

— Je ne savais pas que tu allais tuer un homme.

— Tu veux m'empêcher ?

Belloc tourna son arme vers Thompson, d'un geste lent, précis. Le pilote se retourna, vers l'avant, les mains crispées sur son manche à balai.

Remo s'impatientait.

— Quoi, Pappy ?

— Il t'a bien eu, dugland. Écoute, je ne sais pas

qui tu es mais je sais que t'es une espèce de fédé. Et tu dois être vachement important parce que la personne qui te veut mort ne prend pas de risques. Une balle dans la tête en plein milieu de la Colombie.

— En plein milieu de Peruvina, vous voulez dire. Un gentil petit cimetière privé dans une propriété privée, ni vu ni connu, pas de cadavre, pas d'explications.

— Tu piges vite, bébé.

L'index de Belloc se crispa imperceptiblement. Au même instant, la main gauche de Remo jaillit et, au moment précis où la balle entamait sa trajectoire en spirale dans le canon, il referma les doigts sur celle de Belloc et la serra autour du revolver. La chaleur de la balle prisonnière fit fondre l'arme en une boule de métal qui brûla les doigts de Belloc jusqu'aux os. Il hurla en essayant de secouer le bloc de métal en fusion de sa main noircie.

— Maintenant, c'est moi qui vais poser les questions, déclara Remo. A commencer par qui est « elle » ?

Mais un terrible grincement de métal se répercuta dans l'appareil. Un épais écran de fumée noire monta des moteurs. Des voyants rouges clignotèrent sur tout le tableau de bord.

— Que... Qu'est-ce que c'est ? glapit Belloc.

— Moteurs en feu, tous les deux, marmonna le pilote en se débattant avec ses commandes.

L'avion siffla en descendant en piqué vers les hauteurs, quatre mille mètres plus bas.

— Qui est « elle » ? répéta Remo en saisissant Belloc à la gorge.

Le petit homme sanglota et toussa tandis que la fumée emplissait le poste de pilotage et que le grand pare-brise explosait dans une gerbe de flammes jaunes. Remo s'adressa au pilote, qui serrait les dents.

— Qu'est-ce que vous savez de tout ça ?

— Tout ce que je sais, mon vieux, c'est que cet appareil a été saboté. Si je savais qui a fait ça, croyez-moi, je vous le dirais.

— Qui est « elle » ?

— Je ne lui ai jamais parlé. Une bonne femme a donné à Belloc des instructions au téléphone. Je ne savais pas que vous en faisiez partie... Peux rien faire, murmura Thompson après une dernière tentative aux commandes. Allez chercher les parachutes à l'arrière.

Belloc enjamba Remo et zigzagua vers l'arrière, en titubant aux mouvements désordonnés de l'appareil.

— Ils ont disparu ! hurla-t-il. Les parachutes ont disparu ! La salope ! C'est elle qu'a fait ça ! Elle veut notre mort à tous !

Le pilote s'affaissa sur son siège et soupira profondément.

— Je ne peux plus rien faire.

— La salope ! L'immonde salope infecte ! tempêtait Belloc en courant en tous sens comme si lui-même était en feu.

Calmement, Remo saisit la portière par ses gonds et l'arracha. Une nappe de feu pénétra dans la cabine. Le pilote tourna la tête avec indifférence.

— Lui, il ne sert à rien, dit Remo en indiquant Belloc. Mais vous, vous allez venir avec moi.

Thompson resta impassible.

— Parce que vous comptez me faire descendre tout en bas sans rien casser ?

— La maison ne garantit rien. Vous refusez l'offre ?

Le pilote déboucla sa ceinture de sécurité.

— Dans le fond, mieux vaut mourir en sautant qu'en se laissant brûler vif.

Remo enlaça solidement le pilote par le torse et fit un grand saut périlleux par-dessus les flammes qui enveloppaient l'appareil. Quinze secondes plus tard, l'avion explosa en l'air. Un éclat de métal frappa Thompson en pleine poitrine. Il poussa un cri et sa tête retomba en arrière.

Pendant quelques secondes, Remo regarda la plaie béante, le sang jaillissant en fontaine tandis que tous deux tombaient. Sans le bouclier qu'était le corps de Thompson, le bout de métal aurait frappé Remo.

C'est quand même quelque chose, le destin, pensa-t-il en tombant en chute libre, avec Thompson dans ses bras qui ne pesait rien. Il avait pris la décision de ne plus jamais tuer et, pourtant, tout le monde était mort autour de lui. Et maintenant, croyant sauver la vie d'un homme, il n'avait réussi qu'à sauver la sienne. Il aurait voulu être soulagé mais il n'éprouvait que de la nausée.

Il guida sa descente vers un coussin d'arbres au sommet de la colline rocheuse, se retourna sur le dos pour absorber l'impact et atterrit sur ses pieds, en haut d'une pente. Lentement, il glissa jusqu'en bas. Cela s'était fait en douceur, autant qu'il l'avait pu.

Il tâta le pouls du pilote. Il battait faiblement, mais il battait. La blessure était terrible et Thompson avait perdu connaissance. Remo l'examina rapidement. Le pilote n'en avait plus pour longtemps, il avait perdu trop de sang.

Remo avait un choix. Il pouvait tuer Thompson tout de suite, sans douleur, ou essayer de le soigner avec des plantes, comme Chiun le lui avait appris.

La mort serait la solution la plus facile, la plus charitable aussi, elle éviterait au blessé une mort lente et très certainement douloureuse. Et il n'avait pas le temps de jouer au docteur. Il avait une mission à remplir. Il ne connaissait même pas le pilote, au fond. Et à quoi bon prétendre qu'il ne tuerait plus jamais ? La mort le suivait comme une ombre. Oui, tuer le blessé serait plus facile.

Remo souleva la tête de Thompson, s'apprêta à lui briser le cou et s'immobilisa.

Non. Assez de mort. Quelqu'un, on ne sait comment, avait découvert ce qu'il était et décidé — avec une grande désinvolture, semblait-il — de tuer tout le monde autour de lui. Facile comme bonjour. Mais une de ces victimes, au moins, ne devrait pas mourir avant son heure.

Remo savait que ce n'était pas une façon de penser pour un assassin professionnel, mais aussi, gagner sa vie en tuant vous faisait considérer la mort d'une drôle de façon. De l'intérieur et en biais, pour ainsi dire, comme un prestidigitateur regarde un jeu de cartes. Quelquefois, on en avait tellement marre de la mort qu'on avait envie de...

Remo ne savait pas de quoi il avait envie. C'était pourquoi il était toujours un assassin, qu'il continue de tuer ou non. Et c'était pourquoi il cueillait des herbes et des feuilles pour arrêter l'hémorragie d'un homme qui ne lui était rien.

— Je pense que vous n'allez pas vivre plus d'une heure, dit-il à haute voix au pilote inconscient.

Une heure. Une heure de vie.

Soudain, tout prenait une signification. L'important n'était pas de tuer ou de ne pas tuer. C'était de savoir faire la différence entre ce qui était bien et ce qui ne l'était pas. Thompson était un brave homme. Remo ne le connaissait pas et n'avait pas d'amitié spéciale pour lui, mais il comprenait au moins cela.

Une heure de vie, c'était son cadeau à un brave homme.

Il cueillit encore des herbes, façonna un cataplasme qu'il appliqua sur la plaie et laissa Thompson se reposer à l'ombre, au bord d'un champ de caféiers.

Après une marche de près d'un kilomètre, il aperçut au loin, sur une hauteur, la grande maison qu'il avait vue du haut du ciel. La curieuse coupole blanche était invisible, à présent, de l'autre côté de l'hacienda. Au pied de la paroi rocheuse, dans la plantation de café, plusieurs dizaines d'ouvriers agricoles travaillaient, coiffés de grands chapeaux de paille.

Remo vit soudain à ses pieds un bras calciné, arraché du corps à l'épaule. Entre les doigts noircis, il y avait une masse informe, les restes fondus de ce qui avait été un revolver.

Belloc.

CHAPITRE X

Une main gantée de gris.

L'attaché-case.

La mallette avec le téléphone de CURE, les notes sur Arcadi, Hassam et les autres, le nom d'Hugo Donnelly, le contact de Smith au ministère de l'Intérieur, l'imprimante des recherches préliminaires sur la plantation de café de Peruvina. Maintenant, la personne qui avait pris l'attaché-case savait tout ce qu'il y avait à savoir sur l'enquête sur le café corsé d'héroïne. Et bien plus encore.

CURE était compromise. Sans le moindre doute. La découverte du téléphone portatif, sa ligne directe avec le président des États-Unis, révélait davantage sur le caractère illégal de CURE que mille documents.

Smith avait le vertige. Il avait vaguement conscience d'une grande salle, cloisonnée par des parois de plastique entourant d'étroits lits blancs. Les lits étaient branchés sur des circuits de télévision et toutes sortes d'appareils de science-fiction. Des hommes et des femmes en blanc allaient et venaient en silence. Un hôpital. Le pavillon des soins intensifs, probablement, pensa Smith.

Il était lui-même enguirlandé de tuyaux et il y

avait un gros flacon accroché au-dessus de lui. Un bip-bip constant, au-dessus de sa tête, annonçait à chaque battement de cœur le fonctionnement de son corps. Un appareil inconfortable aboutissait à son nez par un fin tuyau.

Serrant les dents pour ne pas crier de douleur, il retroussa sa chemise d'hôpital pour regarder le gros pansement à son côté. Ce n'était qu'une tache blanche floue. Tendant avec précaution la main vers la petite table de chevet en métal, il retint sa respiration en cherchant ses lunettes à tâtons. Il les mit et vit plus clairement le pansement, très large et déjà taché de sang.

On lui avait donc bien tiré dessus. Et l'agresseur devait être le même homme qui avait éliminé tous les autres.

Il perdait conscience et reprenait connaissance, par vagues. Il avait les mains glacées, la vue brouillée, même avec les lunettes. Il comprit qu'on l'avait bourré de sédatifs.

Difficile de rester éveillé. Mais il devait réfléchir.

Il eut recours à un vieux truc qu'il avait appris jadis, dans l'OSS, et se mordit violemment l'intérieur de la joue, assez fort pour qu'une vive douleur provoque des élancements dans sa tête. Il souffrait déjà abominablement, mais c'était de cette douleur précise, localisée, dont il avait besoin.

Le truc avait marché, l'avait maintenu vigilant quand il avait été capturé et interrogé dans un avant-poste nazi à Dantzig, quand l'ennemi l'avait privé de sommeil pendant cinq jours, et il ne l'avait jamais oublié. La douleur rendait les choses réelles, gardait les idées claires. Il avala du sang et concentra sa pensée.

Il avait une certaine chance pour lui. Le président

était en voyage à l'étranger, alors le voleur n'apprendrait pas avant quelques jours la liaison directe avec la Maison-Blanche. Mais un autre problème se posait, un bien plus gros problème. Le téléphone, dans l'attaché-case volé, était un poste annexe de la ligne téléphonique de son bureau de Folcroft. Celui qui possédait cet appareil portatif avait accès à tous les coups de téléphone donnés à CURE.

Il devait retourner à Folcroft. Il lui fallait détruire CURE avant que le voleur découvre que le gouvernement des États-Unis avait un service secret contrevenant à toutes les lois et tous les principes de la Constitution.

La destruction de CURE entraînait naturellement la mort de Smith. La suite d'événements aboutissant à la dissolution de l'organisation avait été prévue dans ses moindres détails, depuis de longues années. Si jamais, pour quelque raison que ce soit, CURE était compromise, Smith devait mettre en marche le mécanisme autodestructeur des mémoires des ordinateurs et s'occuper ensuite de sa propre mort. Discrètement, rapidement, CURE n'existerait plus.

Il fallait que ce soit fait. Tout de suite, avant que celui qui avait tenté de le tuer apprenne qu'il était encore en vie et revienne achever le travail.

La main gantée de gris... Quelque chose de bizarre, au sujet de cette main...

Pas le temps d'y réfléchir. C'était une main gantée qui avait pressé la détente et pris l'attaché-case. Tous les autres détails ne pouvaient être que le résultat des innombrables médicaments dont on l'avait bourré.

Il se mordit encore pour rester éveillé et observer. Le pavillon des soins intensifs était débordé et manquait de personnel. La plupart des infirmières étaient réunies dans un coin éloigné de la grande salle, où on amenait des urgences un vieil homme qui saignait abondamment de la tête. La surveillance normale avait cessé, momentanément. C'était le moment.

Rapidement, Smith arracha les aiguilles de ses bras et le tuyau de son nez. Puis, en luttant pour ne pas crier de douleur, il se glissa hors du lit et se traîna vers la porte de sortie à double battant.

Il avait besoin de vêtements. Où était la lingerie ? Le vestiaire ? En chancelant, il s'appuya contre le mur du couloir, puis il s'arrêta pour reprendre haleine. Horrifié, il s'aperçut que sa blessure s'était remise à saigner et qu'une grande tache rouge imprégnait sa chemise. En tâtonnant, il suivit le mur, une main après l'autre.

Ce n'était pas possible. La douleur elle-même ne pourrait le faire rester sur ses pieds.

Des pas rapides claquèrent vers lui.

— Qu'est-ce que vous fichez là ? demanda une voix masculine.

Smith ouvrit les yeux, lentement, s'efforça de voir clair. L'homme était vêtu de blanc. Un stéthoscope se balançait à son cou. Il saisit le poignet de Smith, où son nom était inscrit. L'homme regarda l'étiquette d'identité et puis la grande tache rouge qui s'étalait sur la chemise.

— Qu'est-ce que vous fichez là, Mr Smith ? s'écria-t-il, atterré.

Smith tenta de le repousser. Ce fut une bien faible tentative.

— Infirmier ! appela le médecin.

— Non, souffla Smith. Vous ne comprenez pas.

— Infirmier !

Smith n'eut que très vaguement conscience d'une autre présence qui se précipitait.

— S'il vous plaît, murmura-t-il. Vous ne pouvez...

Subitement, le médecin était allongé par terre dans le couloir désert et Smith se sentit soulevé dans les airs et porté dehors, d'une manière si douce qu'il eut l'impression de naviguer sur un nuage.

— Ce n'est pas un vêtement très élégant, mais au moins il ferme dans le dos, dit Chiun, manifestement embarrassé.

— Comment avez-vous découvert...

Chiun leva une main.

— Conservez vos forces. Il suffit de dire que vous n'êtes pas le seul homme qui se repose cette nuit dans un hôpital.

Smith sourit.

— Folcroft...

La vision de la main gantée de gris lui revint, vacillante, déformée, comme si elle était sous l'eau. Une très petite main...

Et puis il s'abandonna aux ténèbres sans douleur de l'inconscience.

CHAPITRE XI

Remo escalada en vingt minutes la paroi rocheuse verticale et lisse, jusqu'au sommet où se trouvait l'hacienda de Peruvina. Il aurait fallu une heure à un alpiniste chevronné complètement équipé et trois fois plus de temps à un homme normal. De toute évidence, le propriétaire de la plantation n'aimait pas les visites à l'improviste.

La vue du sommet, sur le devant de la maison, était extraordinaire. Près de quatre cents mètres plus bas, l'armée d'ouvriers agricoles, aiguillonnée par une demi-douzaine de contremaîtres, se courbait sur les hectares de caféiers. L'air était frais et pur.

A l'ouest de la base, Remo distingua le bouquet d'arbres où il avait laissé Thompson. Selon toute probabilité, le pilote n'allait pas reprendre connaissance avant de mourir. Mais s'il revenait à lui, pensa Remo, il aurait au moins la consolation de passer ses derniers instants dans un endroit magnifique, au bon air et bercé par le chant des oiseaux.

Remo entra dans la maison par une porte ouverte, sur le côté. C'était splendide, la demeure d'un roi. Un mur arrondi, entièrement en verre, donnait sur le précipice si bien que de l'intérieur, la maison paraissait flotter dans les airs. L'immense salle où il se trouvait était richement meublée d'antiquités et d'œuvres d'art dignes des plus grands musées.

Remo suivit le long couloir menant dans le fond de la demeure. Tout semblait désert. Il vit une succession de pièces pleines de magnifiques tapisseries, d'inestimables collections de porcelaine anglaise ou chinoise, des rouleaux manuscrits étincelants d'or à la feuille, peints par des maîtres japonais du XIe siècle. Peruvina était à des années-lumière du luxe tapageur d'Amfat Hassam. Le propriétaire de cette hacienda était certainement habitué à la fortune.

Le couloir amena Remo dans une pièce peu éclairée qui sentait le vieux cuir. Les murs étaient tapissés d'éditions originales et d'ouvrages classiques, en espagnol et en anglais.

Remo se demanda qui pouvait habiter là. Il caressa le bois ciré d'un énorme bureau cubain en acajou. Un épais tapis gris amortissait le bruit de ses pas. Qui était le maître de Peruvina ?

— Vous cherchez quelqu'un, Señor ? demanda une femme à la belle voix de gorge, du seuil de la pièce.

Dans le profond silence, cela fit à Remo l'effet d'un coup de canon. Il se retourna et retint son souffle.

Elle était belle, une de ces femmes qu'on ne voit que dans les publicités de cognac. Un mètre soixante-quinze de perfection, d'épais cheveux noirs ondulés et des yeux bleu-vert au regard brûlant. Un nez droit, assez aristocratique pour être un chef-d'œuvre de plasticien italien, mais qui devait être naturel. A voir sa bouche charnue, son port de reine, ses seins haut perchés, elle n'avait jamais été moins que parfaite et le savait.

Sa main manucurée tenait un pistolet, un Rohm RG-7 de calibre 22, chromé et à crosse de nacre.

— Si j'étais vous, dit Remo, je me procurerais une meilleure arme.

— Vraiment ?

Elle tira. Droit dans l'édition originale de Shakespeare devant laquelle Remo s'était tenu.

— Oui, vraiment, dit-il.

Elle sourit.

— Vous ne manquez pas d'humour, Señor, et ça me plaît. Vous êtes très rapide, et ça me plaît moins, chez un homme.

Sans quitter Remo des yeux, elle posa le pistolet sur un guéridon. Elle croisa les bras et se caressa langoureusement. Le mouvement fit remonter ses seins au-dessus du profond décolleté de sa robe.

— Je suis Esmeralda, déclara-t-elle d'une voix qui donna à Remo l'impression qu'il n'avait pas bu depuis des jours. Qu'est-ce que vous faites ici ?

Remo s'efforça de s'éclaircir les idées. Elle avait un parfum entêtant. De la cantharide, peut-être, pensa-t-il bêtement. Un truc qui faisait un drôle d'effet. En tout cas qui lui faisait penser que la station debout n'était pas la position appropriée pour eux deux.

— Je veux voir le propriétaire de cette plantation.

La bouche incroyablement pulpeuse sourit ironiquement. L'inconnue écarta les bras.

— Que voulez-vous voir de plus ?

— C'est *vous* qui dirigez Peruvina ?

— Qu'attendiez-vous donc ?

Remo contempla la splendeur qui les entourait.

— Seule ?

— C'était la maison de mon père. Il est mort.

Peruvina appartient à ma famille depuis des siècles. Je suis la dernière descendante.

Elle. Belloc disait prendre les ordres d'une femme. Mais bon Dieu, pensa Remo tandis qu'Esmeralda faisait glisser de son corps le vêtement lâche qu'elle portait, fallait-il que ce soit cette femme-là ?

— Le café, dit-il résolument en détournant les yeux.

C'était difficile. Elle avait des seins fermes, aux mamelons dressés, un ventre plat, lisse et bronzé, de longues jambes et un triangle frisé luisant d'humidité.

— Il y a une drogue dans le café en grains venant de Peruvina. C'est de l'héroïne. Je veux savoir comment vous faites pour l'introduire dans le café.

Elle s'approcha lentement de lui. A chaque pas, ses hanches ondulaient, ses flancs frémissaient comme ceux d'une panthère. Jamais il n'avait vu de femme aussi à l'aise avec sa nudité.

— Quand je vous le dirai, et je vous le dirai, roucoula-t-elle, vous comprendrez beaucoup de choses. Vous serez peut-être fâché. Peut-être simplement indifférent. Vous le raconterez à votre gouvernement, ou aux gens pour qui vous travaillez, ou alors vous volerez le secret du café pour votre propre compte. Je ne sais pas...

Elle lui mordilla l'oreille, lui passa des mains hypnotiques dans les cheveux, le long du dos, tout en continuant de le séduire par ses paroles.

— Ce que je sais, c'est que tout sera à jamais changé entre nous. Nous ne serons plus des inconnus. Le feu, là dans notre corps, s'éteindra parce que nous aurons trop parlé. Ce sera comme le mariage, non ? De l'amitié mais pas la magie du premier amour.

Elle souleva le tee-shirt de Remo et se frotta contre lui comme une chatte. Elle était brûlante. Soyeuse. Inconnue. Dangereuse.

— Aimons-nous une fois, alors que la magie est forte.

C'était mal, Remo le savait. Il y avait un mourant dans un bouquet d'arbres au pied du rocher. Lui-même était en mission et Esmeralda avait probablement ordonné la mort de dizaines de personnes, y compris la sienne, à lui. C'était intolérable. Toutes ses disciplines se révoltaient.

Et perdaient. Ils se laissèrent tomber ensemble sur le riche tapis. Le feu qui les habitait devint un brasier inextinguible. Elle ouvrit sa bouche à Remo.

Une porte claqua, qui fit sursauter Esmeralda. Des pas lourds retentirent.

— Caramba, mon mari ! glapit-elle.

— Et merde, grommela Remo. Ça commence à ressembler à un mauvais film. Vous disiez que vous étiez seule !

Il se rajusta de son mieux.

— Non, chuchota-t-elle précipitamment. J'ai dit que j'étais la dernière de la lignée. De la mienne. Mon mari descend d'une autre famille.

— Au poil ! C'est bien le moment d'une leçon de sémantique.

— Il va vous tuer.

— Probablement.

Remo sortit en chancelant de la bibliothèque.

Dans le hall d'entrée, il y avait une espèce de gorille velu, avec des poings comme des rouleaux compresseurs et de la haine dans les yeux. Il avait l'air d'une version sud-américaine de l'abominable homme des neiges. Et qui n'allait certainement pas se transformer en acteur de complément.

— Qu'est-ce que vous faites avec Madame ? rugit l'individu.

— Rien, bredouilla Remo. Rien du tout. Vous...

— Pourquoi est-ce que vous espionnez notre café ?

— Justement, je voulais vous en parler. Voyez-vous...

— Je m'en fous !

— Mais ce café...

— Je tue pour ce café ! hurla l'homme en se ruant sur Remo.

— Et pour moins que ça.

Remo para un coup qui envoya valser un vase de l'époque Ming. En évitant la charge de l'homme, Remo chercha à gagner du temps, pour deux raisons. Premièrement, il ne s'était pas douté qu'Esmeralda avait un mari. Si ce gorille qui se précipitait sur lui était le véritable maître de Peruvina, c'était à lui que Remo devait parler. Et, deuxièmement, le *coïtus interruptus* ne mettait pas en forme pour se battre. L'état inconfortable dans lequel il était compromettrait son équilibre. Ou sa respiration. Ou autre chose. La moindre faute risquait d'être mortelle.

Elle le fut. Le colosse revint à l'assaut et Remo fit dévier le coup. Trop fort. Il le comprit dès que son bras amorça la spirale destinée à repousser l'assaillant. Pas de contrôle. Il ne savait pas si c'était son équilibre ou sa respiration qui n'allait pas mais aussitôt qu'il vit le corps massif de l'homme quitter le sol, il comprit que tout était fini. Il entendit le craquement des os, le râle au fond de la gorge de l'agresseur, il vit la traînée rouge de sang couler sur le mur derrière le crâne fracassé.

— Et voilà ce que vaut la résolution de ne pas

tuer, marmonna-t-il en contemplant avec dégoût le cadavre.

Smith allait adorer ça. En plus de tous les morts qui tombaient comme des mouches depuis le début de cette maudite mission, il venait de réduire au silence le perpétrateur du plus grand trafic de drogue de tous les temps, sans avoir découvert comment c'était fait. Admirable.

Derrière lui, Esmeralda glapissait un torrent d'espagnol.

— Je suis navré, dit Remo. Je ne voulais pas tuer votre mari, mais je vous en prie, pas de crise de nerfs, d'accord ? Je ne suis pas de force à affronter ça.

Elle éclata de rire. Ahuri, il se tourna vers elle.

— Mais... Mais ce n'est pas mon mari ! s'exclama-t-elle entre deux hoquets. Ce n'est que Manuel, le régisseur. Il a dû vous voir arriver et vous a suivi.

— N'empêche qu'il est mort, protesta Remo, tout à fait choqué. Vous avez un sacré sens de l'humour, vous.

— Je sais que c'est mal de rire des morts, se défendit-elle en essuyant ses larmes d'hilarité, mais je suis tellement soulagée que ce ne soit pas mon mari. Il est tellement plus dangereux que Manuel, comprenez-vous ? Il a des armes, des armes spéciales...

— Salut, Mère.

Sur le seuil d'une porte, dans le fond de la pièce, se tenait un jeune homme d'une vingtaine d'années. Il était petit, plutôt maigre, avec un teint terreux grêlé d'acné. Il portait des lunettes aux verres en cul de bouteille qui agrandissaient ses yeux comme des soucoupes.

— Ah ! fit Esmeralda en perdant aussitôt le sourire.

Pendant un instant, son parfum enivrant fut couvert par une autre odeur, âcre, sauvage ; Remo avait assez souvent senti la peur pour la reconnaître.

— Votre éducation, Mère, dit calmement le jeune homme, sans bouger de sa position sur le seuil.

Il parlait sans aucune trace d'accent. Un calme surnaturel émanait de lui. Remo eut l'impression que ce garçon aurait pu rester là debout au même endroit, toute la journée, sans même remuer un pied. Sa chemise était bien boutonnée au col.

— Ah oui, excuse-moi, Arnold. C'est un ami qui...

— Votre nom, interrompit sèchement Arnold.

— Remo, dit Remo quelque peu déconcerté.

Arnold inclina la tête. Esmeralda avait un autre sourire, à présent, différent du pli sensuel de ses lèvres pulpeuses, un sourire froid, presque figé. Manifestement, cette femme avait une peur bleue de ce gamin debout sur le seuil.

— Voici Arnold, mon fils, dit-elle en suppliant le garçon des yeux.

Les yeux de Remo allèrent du jeune boutonneux à la femme superbe à côté de lui.

— Son beau-fils, rectifia Arnold. Mais nous formons quand même une famille, n'est-ce pas, Mère ? Nous avons nos affaires bien à nous.

Un silence tomba, qui pesait une tonne.

— N'est-ce pas ? répéta le garçon sans même élever la voix.

— Euh... oui, oui, bien sûr.

— Très bien.

Le garçon tourna les talons et s'en alla. Remo le suivit. Dans le couloir, au-delà du seuil, il y avait une porte fermée et un téléphone mural, avec un gros bouton rouge à côté. Remo ouvrit la porte. Un squelette était suspendu à l'intérieur. Remo frémit et referma vivement.

— Très drôle, grogna-t-il.

Il appuya sur le bouton rouge à côté du téléphone mais il ne se passa rien. Pas de bruit, pas de signal, rien. Il souleva le combiné. C'était un appareil ordinaire, avec une tonalité normale.

Arnold avait disparu.

— Où est-il passé ?

Esmeralda évita le regard de Remo.

— Oh, Arnold a ses propres passages, dit-elle vaguement. C'est un génie, vous savez.

— Un génie de quoi ? Un créateur de parcs d'attraction ?

Remo n'aimait pas ce gosse. Il n'aimait même pas son souvenir. Il sentait encore son odeur dans le couloir, une odeur douceâtre, écœurante. Celle du parapluie qu'il avait avalé, probablement, se dit-il.

— Le squelette dans le placard, une plaisanterie géniale, je suppose ?

— Je... je vous expliquerai, chuchota Esmeralda en regardant de tous côtés, et elle prit Remo par le bras. Venez, retournons dans la bibliothèque.

— Il n'a même pas fait attention au cadavre dans l'entrée, marmonna Remo en se laissant tomber dans un fauteuil.

— C'est un garçon bizarre. C'est pour ça qu'il est ici, loin de chez lui.

— Où est-ce, chez lui ?

— Chut, murmura-t-elle en s'asseyant sur les genoux de Remo. Nous aurons le temps de parler d'Arnold plus tard. Finissons ce que nous avons commencé.

— Quoi ? Vous plaisantez ?

Elle lui prit les lèvres et, aussitôt, le brasier se ralluma.

— Ma foi, nous devons bien avoir quelques minutes, marmonna Remo en se maudissant.

Lentement, il la déshabilla, en savourant chaque seconde. La douce chaleur rosée était revenue, la musique irréelle. Mais il y avait une note discordante dans cette musique. Un tout petit *bip* métallique résonnant tout au fond de son esprit.

Remo hésita. Non, pas dans son esprit. C'était une espèce de système, un mécanisme, profondément enfoui dans le fauteuil même.

Il se leva d'un bond, en laissant tomber Esmeralda sur le tapis, à l'instant précis où une lame d'acier étincelante jaillissait du dossier capitonné à l'endroit exact où s'était trouvé son cou.

— Qu'est-ce que ça veut dire, ça ? cria-t-il.

Esmeralda baissa la tête.

— Ah, je suis terriblement désolée. C'est une des inventions d'Arnold. Son passe-temps.

— L'assassinat ? Drôle de passe-temps ! Ça libère des tensions, sans doute ? Très créatif.

— Ah, Remo !

Elle le poussa à reculons vers les rayonnages. Ses lèvres frémissaient. C'était encore là. Le petit cliquetis.

— Ecartez-vous, Madame, dit Remo alors qu'une volée de balles surgissait d'un volume doré sur tranches des *Œuvres complètes de Mario Vargas Llosa.* Qu'est-ce qu'il y a encore dans cet arsenal ?

Remo fit rapidement le tour de la pièce, en tapant dans les murs, en guettant les cliquetis avertisseurs.

Un filet de fin nylon hérissé de pointes d'acier scintillantes comme des diamants tomba du plafond.

Un mince fil de fer monta du dossier d'une bergère Louis XV et s'enroula vivement en nœud coulant.

— Rien de tel qu'une petite strangulation avec le cognac du soir, railla-t-il.

Il recula et souleva le couvercle d'un humidor à cigares, sur le grand bureau d'acajou. Un rayon laser en jaillit qui perça un trou fumant au plafond.

— Très chouette, estima Remo en rabattant le couvercle.

— Allons-nous-en d'ici ! cria Esmeralda.

— Pourquoi ? C'est vous qui m'y avez amené.

— Non, ce n'est pas vrai ! Laissez-moi...

— Ils ont dit « elle », vous savez. Les types dans l'avion. Une femme les a pris au piège, aussi. Devinez quelle femme.

— Un avion ? Je ne sais rien d'un avion.

— Et le petit Arnie, là. Sans doute un cinglé que vous avez arraché à l'asile de fous pour vous donner des idées, au cas où quelqu'un échapperait à Manuel l'Homme de Fer. Très astucieux, Esmeralda.

— Je vous en prie, implora-t-elle.

Elle avait la voix rauque et de la terreur brillait dans ses yeux. Elle désigna la porte d'un mouvement de tête. Dans le couloir, elle guida Remo jusque dans un petit cul-de-sac où il n'y avait qu'une seule porte. Un doigt sur les lèvres, elle ouvrit et le fit entrer. Dans la pièce, il y avait un grand lit, un bar et quelques toiles de Miró.

— C'est ma chambre, annonça-t-elle.

— Une autre chambre des horreurs, je présume ?

— Non. Ici, on ne risque rien, nous pouvons parler. J'étais obligée de vous conduire dans la bibliothèque, voyez-vous. Arnold l'aurait su, si je ne l'avais pas fait. Il m'aurait tuée.

— C'était vous ou moi, hein ?

Elle baissa la tête.

— J'ai honte. J'avais si peur ! Mais maintenant, Arnold vous croit mort.

— Ah, je vois. Il ne vérifie pas ces petits incidents mineurs, naturellement.

— Non. Il est très occupé par... d'autres choses. Il vous confie à moi.

Le cœur de Remo se serra.

— Vous voulez dire que vous avez déjà fait tout ça ?

— Une fois, souffla-t-elle. Ou deux. A moins qu'on compte...

— Ah, c'est merveilleux !

— Mais ce n'était que des ouvriers agricoles, dit-elle avec une belle sincérité. Rien que des ouvriers indiscrets qui avaient découvert le secret du café et voulaient nous faire chanter.

Remo soupira.

— Je ne sais pas pourquoi je suis surpris... Il y a plus d'une douzaine de personnes à Miami, à qui vous avez fait perdre le goût du pain.

— Je ne suis jamais allée à Miami. Et...

— D'accord, d'accord. Vous n'avez jamais saboté un avion non plus.

— Je ne sais rien de cet avion dont vous parlez tout le temps. J'aimerais bien que vous me l'expliquiez.

— Laissez tomber. Il est temps que vous me donniez vous-même des explications. Commencez par où vous voudrez.

— Avec plaisir...

Elle noua ses bras autour du cou de Remo et le tira sur le lit de satin bleu.

— Pas ça !

— Rien qu'une fois.

— D'abord, nous causons.

Elle l'embrassa.

— Nous causons, nous nous embrassons. Nous faisons l'amour, nous faisons tout en même temps. C'est économique, non ? Comme un *smörgåsbord*.

— Nous causons, un point c'est tout.

Esmeralda se déshabilla.

— En commençant par le café.

Elle enfourcha Remo.

— Le café est fait avec de l'héroïne. C'est Arnold qui le fait. Ça pousse ici.

Le café n'était pas la seule chose qui poussait, remarquait Remo. Il essaya de chasser les démons mais Esmeralda le caressait de ses lèvres, tout en le dépouillant encore une fois de ses vêtements, et ses hanches ondulaient, pivotaient, si lentes, si brûlantes qu'il était prêt à éclater.

Il la retourna sur le dos et la prit violemment. Elle poussa un cri haletant en se trémoussant de plus belle, en lui communiquant sa fièvre. L'élan les emporta tous deux jusqu'à ce qu'ils retombent de leur extase, complètement épuisés. C'est une fichue manière de se conduire avec une personne qui menace la démocratie, se dit Remo.

Il se rhabilla et s'assit à côté d'elle.

— Ça ne change rien, bougonna-t-il avec mauvaise humeur.

— Mais c'était merveilleux, non ? Vous allez m'emmener avec vous, en Amérique, *si ?*

— Vous iriez en prison.

— Ça ne fait rien. Ce serait mieux qu'ici. J'ai si peur, ici, j'ai toujours eu si peur ! C'est seulement dans cette chambre que je suis en sécurité. Mon mari l'a fait jurer à Arnold. Il ne peut pas toucher à ma chambre avec ses tours.

Remo dressa l'oreille.

— Votre mari ? Vous avez vraiment un mari ?

— Mais qu'est-ce que vous croyez ? protesta-t-elle avec indignation. Vous vous figurez qu'en Amérique du Sud une femme de la beauté d'Esmeralda resterait vieille fille ? Naturellement, j'ai un mari !

Elle sauta fièrement du lit et annonça :

— Je vais nous servir à boire. Qu'est-ce que vous voulez ?

— De l'eau. Qui est-il ?

— Qui ?

— Votre mari. Un Colombien ?

— Oh non, non. C'est le père d'Arnold. Un Américain, comme vous, dit-elle en revenant du bar avec deux verres. C'est un homme très important en Améri...

Elle hurla.

Il n'y eut pas de cliquetis, cette fois. Le plancher s'ouvrit simplement sous le lit et Remo disparut.

Alors qu'il tombait, il entendit deux verres se casser sur le tapis au-dessus de lui.

— Tu as promis de ne pas toucher à ma chambre ! glapissait Esmeralda. Tu avais juré !

Le lit heurta une surface dure, de la pierre, et se cassa dans un fracas de bois. Remo rebondit très haut, sur le matelas, en levant les bras le plus possible mais il ne put atteindre les lattes du plancher, à plusieurs étages au-dessus de lui. Au bord du trou, Esmeralda le contemplait d'un air horrifié.

— Ah, *Dio*, qu'avons-nous fait ? sanglota-t-elle.

Sa voix se répercuta dans l'étroit puits de pierre au fond duquel Remo était prisonnier.

Il entendit alors une sorte de bourdonnement métallique et une plaque de métal glissa lentement pour recouvrir l'ouverture au sommet du puits.

La figure d'Esmeralda disparut. Il n'y eut plus de clarté du tout, plus le moindre bruit.

CHAPITRE XII

Smith ouvrit les yeux avec difficulté. Il était dans une autre chambre d'hôpital, d'un blanc aseptisé. Chiun était à son chevet.

— Où sommes-nous ? articula péniblement Smith en faisant un geste vers un verre d'eau.

Chiun le fit boire.

— Nous sommes au sanatorium de Folcroft, ô empereur, comme vous l'avez demandé.

— Pas comme patient ! protesta Smith en toussant.

— Ne vous inquiétez pas. Le personnel du sanatorium ne vous reconnaît pas. Je me suis renseigné. On sait que le nom du directeur est Smith, mais personne ne l'a jamais vu. Ils pensent tous que l'insaisissable docteur Harold Smith n'a pas grand rapport avec la direction de cet estimable établissement.

— C'est vrai. Ils ne peuvent pas me reconnaître.

— Précisément. C'est pour cette raison que je vous ai fait admettre sous un faux nom.

— Quel nom ?

Chiun sourit.

— Un nom courant. Un nom si ordinaire qu'il ne

peut éveiller aucun soupçon. Le plus répandu de tous les noms.

— Lequel ?

— Wang.

— Je vois, murmura Smith. Enfin, quoi qu'il en soit, je dois aller à mon bureau.

Il fit un effort pour se redresser mais Chiun le repoussa.

— Non, empereur. Vous êtes blessé, vous devez vous reposer. Vous n'êtes plus très jeune et, contrairement à moi, votre corps est dans un état de dégénérescence, ô prince le plus compréhensif et le plus éclairé.

Chiun s'inclina profondément, en manière d'excuses.

— Personne ne le sait mieux que moi, Chiun, mais je dois retourner immédiatement à mon bureau. Il y a une procédure que vous ne comprenez pas...

Chiun l'interrompit.

— Il est probablement possible de vivre aussi longtemps que moi et de rester ignorant de tout ce qui vous entoure, mais c'est difficile.

Smith passa un long moment à scruter les yeux noisette insondables.

— Alors vous savez ?

Chiun baissa la voix,

— Je sais que vous n'êtes pas l'empereur de ce pays mais d'une société dans le pays, dont le secret est si nécessaire que, plutôt que de risquer qu'elle soit découverte, elle doit être détruite.

Smith garda le silence et se contenta d'écouter.

— Je sais que vous faites partie de cette société et que mon élève, Remo, en fait partie aussi. Je crois que vous portez la preuve de cette société partout avec vous, dans cette mallette qui ne quitte jamais votre main. Quand je vous ai trouvé, vous étiez sans la mallette. Par conséquent, je crois que vous souhaitez retourner à votre bureau afin de vous détruire.

Smith se frotta les yeux avec lassitude.

— Ce doit être fait, avoua-t-il. Vous avez compris, quand je vous ai engagé pour entraîner Remo que... que certaines mesures devraient être prises en cas de nécessité.

Chiun se souvenait. Le seul commandement auquel il était obligé d'obéir était l'ordre de tuer Remo. Si CURE était détruite, tout ce qui y était associé devait être éliminé. Smith supprimerait lui-même toute preuve tangible de l'organisation. Les ordinateurs brûleraient entièrement dans les bureaux spécialement ignifugés de Folcroft. Et au sous-sol du sanatorium un cercueil attendait depuis des années, tout préparé avec une capsule de poison. Il attendait Harold W Smith.

Mais Chiun avait créé Remo, il avait transformé l'homme normal en un être exceptionnel et le devoir de Chiun serait de détruire sa création. Sur les trois, seul Chiun pourrait survivre. Il devrait retourner à son village de Sinanju, en Corée, pour y vivre en paix le restant de ses jours. Le massacre serait alors terminé.

— Je comprends, dit Chiun, mais vous devez attendre Remo. Il peut avoir des renseignements. Nous pourrons peut-être récupérer votre mallette.

— Remo n'est peut-être plus en vie. Quelqu'un l'a suivi, en cherchant à tuer tous ceux avec qui il entrait en contact, moi compris. Le tueur connaît Remo.

— Moi aussi, je connais Remo. Il est vivant, déclara énigmatiquement Chiun.

Smith, perplexe, retourna dans sa tête cette affirmation mais renonça vite à comprendre.

— Comment le savez-vous ?

— Dans la discipline de Sinanju, le développement du corps est peu de chose. L'art de mon village est différent des autres prétendus arts martiaux, parce que chez nous, la force de l'individu monte de l'intérieur. Le corps, l'esprit, le cerveau, tout cela ne fait qu'un.

Smith regarda le vieux Coréen, sans rien comprendre.

— Si Remo était mort, je le saurais, tout comme je le saurais si un de mes membres tombait, ou si un de mes organes cessait de fonctionner.

Smith, sceptique, hocha la tête.

— Nous ne pouvons pas attendre qu'il soit trop tard. CURE ne peut risquer aucune découverte. Pas le moindre petit soupçon.

— Trop tard, c'est tard comment ?

Smith prit ses lunettes sur la table de chevet et regarda la pendulette sous la lampe.

Elle indiquait 21 h 42. Smith était agacé de savoir que la pendule n'était probablement pas précise, mais il avait laissé sa montre dans la chambre d'hôpital de Washington.

— Il est entre neuf et dix heures, grommela-t-il. Il est peut-être déjà trop tard, si Remo a essayé de me téléphoner ici. Et à moins que les voleurs soient des crétins confirmés, dès demain ils sauront que le téléphone portatif est une ligne directe avec le bureau du président.

— Minuit, alors. Nous attendrons Remo jusqu'à minuit.

— Dans mon bureau. Pas ici.

— Très bien.

Les longs doigts de Chiun s'avancèrent vers le cou de Smith.

— Qu'est-ce que vous faites ?

— Reposez-vous, empereur. Vos ordres seront obéis.

Smith ne voulait pas dormir. Mais les doigts du vieil Oriental déclenchèrent probablement quelque chose dans son système nerveux qui fit déferler dans son cerveau des vagues d'euphorie. Tout à coup, toute conversation devenait inutile. Tout l'important avait été dit. Il se sentit dériver ; toutes ses pensées se brouillaient. La mallette. La main gantée. La terrible destruction à venir.

Quand il se réveilla, il était dans son bureau, bien calé par des coussins dans son fauteuil. Chiun l'y avait porté sans troubler son sommeil. Mais il y avait longtemps que Smith ne s'étonnait plus des extraordinaires pouvoirs de ce vieillard.

— Êtes-vous inconfortable, ô empereur ?

— Je suis très bien.

Smith attendit. Et, tandis qu'il attendait, il croyait presque entendre la mort se ruer vers lui.

La discipline de Sinanju, comme l'avait expliqué Chiun à Smith, était autre chose que le simple développement du corps. Quoi, jamais il ne pourrait le faire comprendre à un homme qui non seulement se laissait frapper par une balle mais dont l'existence même dépendait de l'emploi du téléphone.

Chiun se retira dans un coin du bureau, le plus éloigné que possible des quatre ordinateurs.

Pour Smith, les ordinateurs de Folcroft étaient infaillibles, précis, parfaits. Mais pour Chiun, ce n'était que des appareils, les jouets de l'empereur auxquels on ne pouvait pas se fier. Leur cerveau artificiel, fait de bandes magnétiques, de fils et de gouttelettes de métal fondu le révoltait. Ça ne fonctionnait pas comme doit fonctionner un cerveau. Ça amassait des renseignements et les régurgitait à la demande. De l'avis de Chiun et de tous les Maîtres de Sinanju qui l'avaient précédé, c'était la plus petite fonction, la plus insignifiante, du cerveau humain.

Chiun était convaincu que le cerveau, avec ses possibilités labyrinthiques et ses pouvoirs impressionnants, possédait la force de l'univers. Même les esprits ordinaires, les esprits dissipés, ignobles, des gros hommes blancs que servaient les appareils de Smith, étaient capables de créer des villes de l'air du temps, dans la chaleur du désert. Ils appelaient ces créations des mirages, des visions, des rêves. Ils les jugeaient sans intérêt et ils étaient donc incapables d'y pénétrer pour les explorer.

Dans les moments de crise, de jeunes mères fragiles peuvent soulever de leurs mains des centaines de kilos, pour déplacer une automobile du corps de leur enfant. Mais on néglige aussi ces exploits, on les traite de simples phénomènes passagers. Certains hommes affirment fièrement qu'ils savent déplacer un crayon par la force de leur volonté. On les considère comme des bizarreries humaines ou d'habiles charlatans.

Ceux qui s'approchaient du véritable pouvoir n'étaient absolument pas reconnus. Au début du xxe siècle un yogi, en Inde, s'était fait enterrer vivant pendant sept ans. Il fut enterré et déterré devant des centaines de témoins de divers pays, dont l'Angleterre et l'Amérique. Pourtant tout le monde, à part ses disciples, ne fit qu'en rire et traita la prouesse du yogi, à laquelle il s'était préparé toute sa vie, de canular ou de truc.

Avec des preuves de leur pouvoir tout autour d'eux, sous leurs yeux, les gens refusaient quand même de croire.

Et Chiun le comprenait. Parce que pour croire, il fallait se hasarder dans le domaine de l'impossible, de l'irrationnel, de l'incontrôlable. Un domaine sans lois naturelles, sans bornes ni limites, un lieu de liberté absolue.

Remo était vivant. Le fil reliant l'esprit de Chiun à celui de son disciple était presque une chose concrète, comme la corde d'une harpe qui vibre à la moindre brise. Chiun avait créé Remo, il lui avait enseigné la difficile discipline de Sinanju, il l'avait libéré. Et de cette liberté avait surgi un lien avec toutes choses visibles et invisibles, un million de fils ténus reliant Remo à l'univers sans bornes mais, surtout, à Chiun.

Le vieux Coréen était donc assis dans la position du lotus au fond de la pièce et dégageait son esprit de toute pensée, en ralentissant ses fonctions corporelles à un état avoisinant par son immobilité celui de la mort, un état où il n'y avait ni vision ni audition, et il faisait vibrer la corde.

CHAPITRE XIII

Au fond du puits froid où Remo était tombé, il faisait battre son cœur plus énergiquement. Ses pupilles se dilatèrent au point qu'il vit toutes les traces des pierres autour de lui, chaque filament de mousse dans l'obscurité humide. Les muscles de son dos se détendirent, se préparèrent.

Il ne perdit pas de temps à se demander à quoi se préparait son corps. Son esprit était son corps. Tout au fond de lui-même, un fil s'enroulait, se renforçait, se changeait en ressort. Son esprit se vida de toute pensée. Il eut l'impression qu'un voile épais était tombé sur son cerveau, l'immobilisait et permettait à son instinct de prendre la relève.

Le mur disparut. L'odeur de mousse, le froid, toute raison, toute logique disparurent, remplacés par une sensation d'urgence, une nécessité de s'échapper si forte que tous ses nerfs, ses fibres, son enveloppe de peau, même, à présent aussi insensible que le coquillage d'un animal marin, le poussaient vers cette évasion.

D'abord, le corps se recroquevilla en boule serrée, dans le fond du puits. Le mouvement était souple et sans heurts. La rétraction des jambes, la lente inclinaison du cou, le croisement des bras, le dos courbé, flexible... Et puis l'ouverture, la détente du ressort, la prise d'un élan tel qu'il atteignait la vitesse d'une balle de pistolet et en possédait la force, la puissance engendrée par l'invisible fil enroulé dans son âme, plus efficace que celle d'un char d'assaut... Il explosa et passa à travers le mur les pieds en avant, pour atterrir debout.

Pendant plusieurs secondes, Remo resta immobile, attendant que son cœur ralentisse à son rythme normal et que ses sens reviennent. Le mur du puits s'effondrait ; un nuage de poussière grise surgissait du trou qu'il avait pratiqué et de grands blocs de pierre continuaient de cascader. Le bruit se précisa lentement en lui, passant d'un grondement étouffé à un fracas assourdissant.

Sa peau se réchauffa ; il regarda de tous côtés. Il était dans un petit couloir brillamment éclairé. Le sol, les murs et le plafond étaient revêtus de carreaux blancs insonorisants où s'étaient incrustés des dizaines de petits éclats de pierre.

Un rocher sauta du trou, d'autres s'entassèrent dessus et bouchèrent l'ouverture. Le bruit diminua et finit par cesser. Un grand silence tomba.

Au fond du petit couloir, à gauche, il y avait une porte ouverte. Une odeur en provenait, que Remo reconnut, une odeur douceâtre, écœurante à laquelle se mêlaient des produits chimiques. Mais il y en avait encore d'autres, sous celles de l'éboulement et de la poussière de grès. Quelque part dans le voisinage il y avait de la verdure, et autre chose de particulier. Un arôme amer. Riche. Courant. Les matins d'autrefois. Le ballet. La chute dc Smith. L'entrepôt.

Du café.

Il entra dans la pièce au fond du couloir. Elle était bien plus grande que l'étroitesse du passage le laissait prévoir. C'était une espèce de serre, baignée d'une singulière lumière de rayons ultraviolets. Sur la droite, il y avait des étagères avec plusieurs rangées de caféiers en pots. Sur la gauche, des plantes fleuries s'alignaient sur des étagères semblables. Remo alla les renifler. Les fleurs avaient un parfum sucré et entêtant.

— Des pavots, dit Arnold en passant nonchalamment entre les deux rangées d'étagères.

Il portait une blouse blanche et des gants de chirurgien. Dans la lumière noire, sa figure grêlée avait perdu tout aspect juvénile. Il avait l'air d'un cadavre ambulant, déjà en décomposition. Quand il sourit, ses dents brillèrent comme celles d'une tête de mort.

— Je dois avouer que vous me surprenez, dit-il aimablement. Mon puits était une réplique des oubliettes françaises du XIIe siècle.

Il tendit la main, invitant Remo à le précéder dans la travée.

— Passez devant, dit Remo.

— Vous avez un caractère soupçonneux.

— Carrément parano.

Arnold marcha sans se presser, cueillant ici ou là une feuille morte en passant entre les plantes, sans cesser de deviser gaiement.

— Comme leur nom l'indique, les oubliettes étaient faites pour y jeter des prisonniers que l'on oubliait jusqu'à leur mort, qui ne tardait guère. Celles de France ont duré pendant des siècles. J'ai bien peur que mon oubliette n'ait pas été à la hauteur.

— Je téléphonerai à l'inspection de la construction dès demain matin, promit Remo. C'est pour quoi faire, les pavots ?

— Ah oui. J'oubliais que vous ne connaissez pas encore notre opération. Nous avons si peu de visiteurs, hélas !

— Un gaspillage d'une généreuse hospitalité.

Arnold pouffa.

— Je sais. Nous avons été abominablement grossiers, ma belle-mère et moi. Je vous dois des excuses.

— Je me souviendrai de votre contrition la prochaine fois que vous chercherez à me tuer. Alors, les pavots ?

Arnold conduisit Remo dans une autre salle au fond de la serre. L'éclairage ultraviolet irréel était remplacé par la vive lumière de tubes fluorescents, au-dessus de plusieurs tables de laboratoire en métal. Des plantes y étaient posées, certaines portant des fruits, d'autres des fleurs de couleurs vives. Elles étaient toutes légèrement différentes les unes des autres. Arnold cueillit une des fleurs.

— *Papaver Somniferum*, annonça-t-il. Le pavot à opium.

Il posa la fleur et prit une éprouvette pleine d'une substance poisseuse, marron foncé.

— L'opium est fait avec le jus des capsules à graines non mûries, appartenant à cette plante, pontifia-t-il et, quand il agita un peu l'éprouvette, l'odeur douceâtre devint plus forte. L'opium, à son tour, est raffiné pour donner de la morphine, une drogue qui pendant longtemps a été considérée comme le narcotique le plus puissant à la disposition de la médecine.

Il souleva ensuite un sac en plastique plein de poudre blanche, puis un autre d'un blanc plus scintillant.

— Mais on a découvert ensuite l'héroïne, un

stade de raffinerie supérieur du pavot à opium ordinaire. Ceux qui apprécient ses effets calmants...

— Ouais, ouais, grogna Remo.

— Pardonnez-moi si je simplifie, mais vous êtes bien venu pour vous renseigner, n'est-ce pas ?

— Sur le café. Vous pouvez m'épargner la conférence sur les camés. Grâce à vous, ils sont des millions aux États-Unis, en ce moment.

— Et ailleurs bientôt, j'espère. Vous ne pensiez tout de même pas que nous allions nous en tenir à l'Amérique du Nord ? Ce n'est que la région d'essai. L'idée est bien trop éblouissante pour la limiter à un seul pays. Oh non ! Il appartient à l'univers, mon café, à l'Histoire ! Vous voulez savoir comment il est créé ?

— Bien sûr.

Avec un sourire évanescent, Arnold poussa un des plants de caféier sous la lumière, sur la table de laboratoire. A côté, il plaça un grand carton carré. Il souleva le couvercle. A l'intérieur il y avait une seule fleur immense, d'un violet éclatant. Son parfum était dix fois plus entêtant que celui de tous les autres pavots réunis.

— Encore une variété de pavot, dit Remo.

— Exactement. *Papaver somniferum Esmeralda*. Je l'ai baptisé pour rendre hommage à ma belle-mère. Ils ont tous deux tendance à faire le même effet sur les hommes.

Il retira la plante du carton. Les superbes pétales se refermèrent, se rétractant à la lumière.

— Une belle-de-nuit. Très rare, chuchota Arnold.

— Alors comme ça, dit Remo, vous avez croisé les plants de café avec ces petits pavots-là ?

— Vulgairement parlant, oui. Bien entendu, l'hybridation ne réussit qu'avec une variété particulière de café de Colombie et cette variété particulière de pavot à opium, mais elle est possible. Voyez vous-même.

Arnold cueillit une des coques du caféier et la cassa avec un maillet. Un parfum doux-amer monta des fragments. Remo en goûta un grain.

— Mais ça c'est de l'héroïne, pas de l'opium.

— C'est de l'opium, affirma Arnold. Mais d'une telle intensité qu'il n'est pas nécessaire de le raffiner. Est-ce que vous comprenez maintenant pourquoi l'usage de cette drogue ne sera pas limité à votre pays ?

— C'est le vôtre aussi, non ?

Arnold rit avec condescendance.

— Comme vous êtes provincial !

Il replaça la plante fleurie dans le carton, ôta ses gants de caoutchouc et sa blouse blanche et proposa aimablement :

— Aimeriez-vous voir les plantes, là où elles poussent ? Elles sont d'une extraordinaire beauté.

— Ma foi, pas tant que ça. J'en ai vu assez.

— Malgré tout, nous devons remonter, j'y tiens, dit Arnold en tapotant son verre de montre. Voyez, il est minuit moins huit. Ce sera bientôt l'anniversaire d'Esmeralda. Je veux le fêter avec elle.

Ils retraversèrent la serre et suivirent le couloir en enjambant tant bien que mal des débris de rocher laissés par l'écroulement des oubliettes. A l'extrémité, Arnold appuya sur un bouton et tout un pan de mur carrelé coulissa en révélant un ascenseur.

— Pas bête, dit Remo. Et ça aboutit au squelette dans le placard ?

— Je vous félicite. Oui. Ma belle-mère va être ravie de vous revoir. Je suis heureux que vous ayez pu nouer avec elle des liens d'amitié. Elle souffre beaucoup de la solitude.

— Une amie délicieuse, reconnut Remo. Je suppose qu'elle était un peu responsable de ma chute dans votre trou ?

— Qu'est-ce que vous croyez ?

— Que vous faites la paire, tous les deux. Rien ne vaut le crime pour resserrer les liens familiaux.

La porte de l'ascenseur s'ouvrit automatiquement derrière le squelette en suspension.

— Vous faites vraiment tout ce que vous pouvez pour souligner cet aspect des choses. Le crime n'est pas notre objectif dans cette entreprise, c'est le profit. Si je puis me permettre, vous avez des tendances plutôt morbides, dit Arnold en repoussant le squelette d'un côté. Ah, voilà ma charmante mère !

Ils entrèrent dans le salon. Esmeralda, debout dans un coin, avait l'air d'un animal pris au piège. Remo ne savait pas si c'était de lui ou d'Arnold qu'elle avait peur, mais il était évident qu'elle était terrifiée.

— Venez donc, très chère Mère, susurra Arnold. Notre visiteur ne vous fera pas de mal. J'allais lui montrer nos champs de pavots.

— Tu... tu lui as parlé du café ?

— Mais naturellement ! Vous aussi, n'est-ce pas ?

— Arnold...

— Ne vous inquiétez pas. Nous pouvons bien confier nos secrets à notre ami.

Esmeralda regarda fixement le garçon puis elle baissa les yeux et hocha lentement la tête.

Elle était bien du côté du gamin, se dit Remo. Toutes ces histoires de terreur d'Arnold n'étaient que de la frime. Cette bonne vieille Esmeralda ! La meilleure comédienne de Colombie.

Arnold rompit le silence :

— Si vous voulez bien me suivre, s'il vous plaît.

Un escalier les conduisit sur le toit. Il était plat et nu, à part l'énorme coupole opaque que Remo avait vue du haut des airs.

— Qu'est-ce que c'est que ça ? demanda-t-il.

Arnold le menaça du doigt, d'un air amusé.

— Allons, allons ! Si je vous racontais tout, il ne nous resterait plus de sujet de conversation pour plus tard.

— Mais si. Nous pourrions par exemple parler de votre père.

Arnold rit en enlaçant Esmeralda qui tremblait.

— Eh bien, eh bien ! Nous avons été bien bavarde, on dirait, ma chère Mère.

Elle ne répondit pas.

— Mais revenons à nos affaires...

Arnold abaissa une manette, au mur de la demeure, et mille puissants projecteurs s'allumèrent pour révéler des hectares de fleurs violettes dans les champs, tout en bas au pied de la maison.

— Magnifiques, n'est-ce pas ? La seule variété qui existe au monde. Leurs graines regorgent de l'opium le plus pur connu de l'humanité. Quand ces fleurs sont croisées avec le café de Peruvina, le résultat est encore plus pur que l'héroïne raffinée, dit-il en respirant profondément. Et on peut même le boire au petit déjeuner !

Remo attendit la suite. Ce jeune fou lui en avait déjà trop dit et montré pour le laisser en vie.

— Maintenant que j'ai vu vos fleurs, j'imagine que vous allez tous les deux me pousser de ce toit.

Arnold secoua la tête.

— Certainement pas. Après tout, si vous avez pu vous échapper de mon oubliette sans autre arme que la force de vos membres, vous seriez indiscutablement gagnant dans n'importe quelle lutte physique contre ma belle-mère ou moi. Venez, il est minuit. Redescendons. Nous devons fêter l'anniversaire d'Esmeralda.

Jetant un dernier regard à la mystérieuse coupole opaque sur le toit, Remo les suivit tous deux en bas, au salon. Arnold servit des verres de cognac à la ronde.

— Vous, ma Mère, devez vous asseoir à la place d'honneur tandis que je bois à votre santé.

Il la conduisit vers un petit canapé, face au grand mur de verre au-dessus du précipice, et leva son verre à dégustation. Esmeralda jeta un coup d'œil à Remo.

— Je ne voulais pas vous tuer, murmura-t-elle.

Remo haussa les épaules.

— N'y pensez plus. Heureux anniversaire.

— Vous exprimez mes sentiments, dit Arnold en passant derrière elle. Un très joyeux anniversaire, ma charmante Mère. Une vie courte mais joyeuse.

Il se pencha en avant, légèrement. Remo perçut un léger cliquetis, un bruit effrayant devenu familier.

— Ne restez pas là ! cria-t-il, mais trop tard.

Le verre s'envola de la main d'Esmeralda alors que le coussin du canapé sautait et la projetait comme une fusée contre le mur de verre. Sa tête passa au travers et son corps suivit. Elle hurla, un long cri aigu qui cascada dans le vide et mourut bien avant qu'on entende le choc sourd de son corps s'écrasant dans le fond sur les rochers.

Arnold finit calmement son cognac.

— Elle n'a jamais vraiment participé au plan, dans le fond, dit-il, les yeux pétillant de plaisir. Elle était bien trop idiote. Mais riche. La fortune de sa famille nous a beaucoup aidés, mon père et moi. Bon vent, Esmeralda !

Il jeta son verre par le trou dans la vitre et courut à travers la pièce vers le placard.

— Oh que non ! cria Remo en se précipitant à sa poursuite.

Il entendit le cliquetis. Il savait que quelque chose allait venir, un couteau, une balle peut-être, mais il s'y était déjà attendu dans le couloir, dans un des singuliers passages d'Arnold. Quand le brouillard jaillit de la porte en le recouvrant de fines gouttelettes, il fut plus irrité de ne pas l'avoir vu venir que par le vague inconfort que cela lui causait.

Ce n'était, après tout, qu'une légère vaporisation qui recouvrait sa peau et ses vêtements. Ça ne sentait rien. Ce n'était pas une drogue quelconque. Pourtant, Arnold se tenait encore tout près de lui, en reculant lentement, mais Remo ne pouvait l'attraper. A chaque milliseconde, il se sentait durcir, sentait qu'il se pétrifiait et qu'il était incapable de remuer un seul muscle de sa figure.

— Un polymer de plastique, expliqua aimablement Arnold en s'approchant pour tâter un bras de Remo. Très efficace, je dois dire. C'est la première fois que je l'essaie sur un être humain mais on dirait que ça marche très bien. Vous êtes aussi immobile que la femme de Loth. Excusez-moi.

Il alla chercher la carafe de cognac, se versa un autre verre et frôla de nouveau Remo pour passer dans le couloir et aller au téléphone avec le bouton rouge. Il examina la statue humaine derrière lui.

— Vous allez suffoquer, vous savez. Il vous

faudra mourir deux fois. Entre nous, je m'étonne que vous ne soyez pas encore mort. Mais c'est possible. Le polymer maintient les yeux ouverts. Les hamsters et les singes qui ont servi à mes expériences ont gardé une apparence de vie longtemps après leur mort. Un véritable bienfait pour la naturalisation.

Il ouvrit le placard et en retira le squelette qu'il emporta au fond du salon et disposa près du mur de verre crevé.

— Curieux ? demanda-t-il en riant. Très bien. Au cas improbable où vous seriez encore en vie, je vais vous expliquer ce que je fais. Le drame, quand on est un génie criminel, c'est qu'on a rarement l'occasion de se vanter de ses réussites.

Pendant un moment, il contempla le squelette d'un air attendri puis il prit une boîte d'allumettes sur une table d'acajou et mit le feu aux tentures.

— Ce squelette, annonça-t-il, c'est moi. Le travail dentaire imite le mien à la perfection. Quand les autorités viendront enquêter sur l'incendie, elles trouveront trois cadavres. La pauvre Esmeralda, qui a préféré se jeter dans le vide plutôt que d'être brûlée vive, son beau-fils accablé de chagrin qui a péri en voyant le sort funeste de sa belle-mère adorée et un inconnu, probablement un visiteur de la famille, peut-être même le pyromane en personne.

Les flammes bondissaient de plus en plus haut. Les toiles de maîtres, aux murs, se racornirent et noircirent. Arnold s'écarta de la chaleur et passa dans le couloir en laissant Remo sur place.

— Personne ne remarquera les fleurs. C'est une espèce inconnue. Elles sont assez loin dans la vallée, comme le café, pour échapper au feu. Et mon laboratoire souterrain, conçu pour être à l'abri de tout cataclysme concevable, restera caché. Seuls la maison d'Esmeralda et ses trois occupants disparaîtront à jamais. Et ce n'est pas tout ! Je n'ai rien oublié.

Avec un sourire, Arnold parla de ses projets.

— Après une période décente, il y aura un acheteur, pour la propriété. Pas moi mais quelqu'un en qui j'ai toute confiance. Quelqu'un de presque aussi intelligent que moi, si c'est possible ! Cette personne reconstruira la maison. Les plantations seront moissonnées, comme d'habitude, les affaires continueront et je reviendrai, anonyme et libre ! Mais il est inutile de vous en dire davantage. Je suis sûr que vous n'êtes plus de ce monde et je dois avouer que la chaleur devient oppressante.

Arnold décrocha le téléphone et appuya deux fois de suite sur le bouton rouge.

— J'arrive, papa, dit-il et il raccrocha.

Puis il entra dans le placard où avait été accroché le squelette. Un faible bourdonnement, puis le silence. Arnold était parti.

Les flammes embrasèrent alors le placard. Le passage menant au laboratoire fut bouché.

Il y avait longtemps que Remo avait cessé de respirer et il pouvait rester ainsi pendant des heures, si besoin était, mais il n'avait pas des heures devant lui. Les flammes l'environnaient et, même dans l'état désensibilisé de son corps, sous la carapace de colle dure comme de la pierre, il commençait à sentir la chaleur brûlante.

Il restait cloué sur place tandis qu'un fil invisible, en lui, s'enroulait et se déroulait frénétiquement. Quelque chose l'appelait, lui ordonnait d'agir. C'était une vibration profonde, presque douloureuse...

Chiun. Chiun l'appelait, avait besoin de lui, et il ne pouvait rien faire.

Une rafale de vent pénétra par le mur de verre brisé et chassa vers lui une langue de feu. Il ferma les yeux. La paroi interne de ses paupières était fraîche.

La paroi interne, pensa-t-il. Il avait donc cligné des yeux.

Et puis, palpitant dans la chaleur, un de ses doigts bougea.

CHAPITRE XIV

La pendulette sur le bureau de Smith marquait minuit et une minute. Il se passa une main sur la figure. Le mouvement lui fit mal au côté. Il prit appui sur les accoudoirs de son fauteuil et tenta péniblement de se lever.

— Halte !

Une petite main, forte comme un étau, se referma autour de son bras, au-dessus du coude. Chiun ne le regardait pas. Il avait les yeux fixés droit devant lui, sa position était détendue, il respirait régulièrement, en silence, mais il émanait de lui une telle intensité que Smith eut peur.

— Un accord est un accord, dit-il.

— Il arrive.

L'étreinte de la main commençait à faire mal mais Smith ne se rassit pas.

— Nous ne pouvons plus attendre. Il y a trop de choses à… à préparer.

Il ne pouvait se résoudre à dire « détruire », alors que ce qu'il s'apprêtait à anéantir étaient les quatre énormes ordinateurs, le fruit de son travail, les éléments de sa vie. Comme il n'avait pas d'imagination, il les avait baptisé « les Quatre ». Car, comme

Chiun avait créé Remo, Smith avait créé les ordinateurs de Folcroft.

Il les avait conçus bien avant l'ère de la miniaturisation, au temps où les ordinateurs emplissaient des salles entières. Petit à petit, tandis que progressait la technologie des années 60 et 70, il avait raffiné ses appareils, en remplaçant tout ce qu'il pouvait par des micro-circuits et en inventant des pièces qui n'existaient pas sur d'autres ordinateurs, des circuits capables de puiser instantanément dans n'importe quelle autre mémoire d'ordinateur du monde, des éléments permettant aux Quatre de Folcroft de brouiller les transmissions par satellite... Il avait fait tout cela de ses propres mains.

Et au fil des années, il avait ajouté des fonctions aux Quatre, des fonctions qui exigeaient encore la lourde mécanique d'autrefois, simplement parce qu'il n'existait pas de pièces pour ces fonctions. La faculté de retracer des liaisons téléphoniques internationales, par exemple, n'avait été ajoutée que récemment, il y avait deux ans, après dix-sept années de travail. Dix-sept ans ! Mais cela en valait la peine.

Et maintenant, ils étaient là, les enfants de Smith, lourdauds et massifs, l'air d'amusants vestiges d'une technologie primitive, dissimulant à merveille leur extraordinaire sophistication, leurs incroyables facultés. Il y en avait quatre autres, exactement semblables, dans une île des Caraïbes. Quand tous les huit auraient disparu, quand leurs millions d'heures de renseignements seraient en cendres, il n'y en aurait pas d'égaux à ceux-là avant un siècle.

— Nous ne pouvons pas attendre, répéta Smith.

La main se resserra. Elle repoussa Smith dans le fauteuil.

— Il vient, affirma Chiun.

— Vous me contraignez.

— Je fais ce que je dois.

***

Il respirait plus vite.

Ses conduits nasaux étaient ouverts. Il pouvait cligner des paupières. Pour tenter l'expérience, Remo contracta les biceps. Son avant-bras se souleva lentement. Il travailla ses jambes. Après un effort suffisant, semblait-il, pour enfoncer la Grande Muraille de Chine, il parvint à lever un pied. Des filaments de colle adhéraient de la semelle de son soulier au plancher.

Une autre flamme bondit près de lui. Son cou se courba en avant.

Ça fondait.

Avec raideur, Remo se propulsa vers le placard, d'où le feu jaillissait en rafales.

Il désensibilisa sa peau à la chaleur. Ses cheveux roussissaient ; il en sentait l'odeur. Des flaques visqueuses se liquéfiaient vite, se répandaient autour de ses pieds à mesure que le plastique ruisselait de son corps en nappes sirupeuses.

Dans le placard, derrière les jaillissements de flammes, il y avait une cage d'ascenseur vide. Du bruit en émanait, couvrant le crépitement et le grondement de l'incendie, une espèce de bruit de moteur. Et ce bruit venait d'en haut. Du toit.

Naturellement, pensa Remo. L'ascenseur ne faisait pas que descendre, il montait. *La coupole.*

Sentant ses cils brûler, il tendit le bras et tenta d'agiter les doigts. Ils remuèrent.

Il y avait un autre accès au toit. L'escalier devait être en flammes à présent, mais il pouvait le traverser en courant. Ses jambes étaient suffisamment délivrées.

Mais à l'intérieur de son corps ! Le fil enroulé, serré, vibrait si fort qu'il allait l'étrangler.

— Chiun ! appela-t-il.

Et il comprit.

Il décrocha le téléphone, devenu brûlant et ramolli, et forma le numéro de code des relais de Folcroft. On décrocha à la première sonnerie.

— Ce n'est pas une ligne sûre, dit Remo vivement. Que veut Chiun ?

— Que tu t'échappes de là-bas, répondit la voix aiguë du vieux Coréen.

— Merci de me le rappeler. C'est tout ?

— Revenez ici immédiatement, intervint Smith. Et je le répète, ce n'est plus une ligne sûre.

— Écoutez, sûre ou non, cette boîte est en feu. Retracez le prochain appel. Ce sera pour quelque part aux États-Unis, je crois, mais je ne sais pas où. Et grouillez-vous. Les circuits sont en train de brûler.

Il appuya sur les broches, les lâcha, laissa tomber le combiné et appuya deux fois sur le bouton rouge. Puis il s'élança vers l'escalier.

CHAPITRE XV

La coupole était ouverte, sa demi-sphère rabattue comme une coquille d'huître. A l'intérieur, il y avait ce que Remo avait deviné, d'après le bruit de moteur : un hélicoptère de combat Grauman.

Remo courait comme un dératé. Le brasier de l'escalier avait achevé de fondre le plastique pétrifiant qui le recouvrait. Il vit Arnold aux commandes, coiffé d'un casque ridiculement grand pour lui, qui baissait vers lui des yeux alarmés tout en s'escrimant sur ses instruments.

Remo prit son élan et bondit pour attraper un des patins près de la queue de l'appareil. L'hélicoptère oscilla, se pencha en équilibre précaire.

Arnold essaya de redresser l'appareil mais sans vitesse suffisante il ne put que planer à basse altitude, en serpentant comme un insecte agonisant avec quelque chose de noir et de mobile qui pendait d'un côté.

Remo réussit à accrocher une jambe au patin, puis l'autre. Ensuite, en rampant la tête en bas, il se rapprocha de la bulle.

L'hélicoptère se stabilisa. Le poids de Remo ayant quitté la queue, Arnold put manœuvrer sans trop de difficulté.

Remo levait un bras pour ouvrir la porte quand, brusquement, l'hélicoptère piqua du nez. Il dut battre en retraite pour s'accroupir sur le patin.

Ils descendaient très vite. Sur l'avant apparaissait une grande masse noire, tranchant dans le paysage nocturne par sa couleur plus dense. L'hélicoptère s'en approcha en prenant de la vitesse.

Remo tint bon. Il savait maintenant ce qu'était cette masse noire, il en était trop près pour se tromper. C'était le bosquet où il avait abandonné Thompson, le pilote, à sa mort. Les arbres étaient directement au-dessous de lui, à présent, si près que leurs cimes lui frôlaient le dos.

A l'extrémité du bosquet, l'hélicoptère reprit de l'altitude et fit demi-tour.

Le gosse essaie de me faire tomber. Comme on gratte de la boue de ses chaussures. Une branche pointue lui lacéra le dos, déchira son tee-shirt et provoqua une blessure profonde qui lui fit retenir sa respiration.

Presque au même instant, un coup de feu claqua et une balle siffla à l'oreille de Remo. Il leva les yeux. Arnold avait un pistolet dans la main.

Il le vit tirer encore trois fois. Il n'y avait guère de place pour bouger sur le patin mais Remo réussit à éviter chacune des balles. La cinquième lui effleura le front. La blessure était superficielle mais il saignait comme un porc. Le sang coulant dans ses yeux l'aveugla et pendant un moment il ne vit qu'un voile rouge.

Arnold en profita pour tirer sa sixième balle, qui frappa la main de Remo. Il poussa un cri. Malgré lui, sa main se desserra mais l'autre tint solidement. Il cligna des paupières pour dégager ses yeux du sang. Au-dessus de lui, Arnold souriait.

— Bougre de petit fumier, marmonna Remo.

Il rassembla ses forces. Respire. Respire, comme Chiun te l'a appris. Inspiration, expiration, lentement. Contrôle le choc de ton corps et ton corps se guérira lui-même. Mais surtout tiens bon.

Les arbres reparurent, avec leurs branches coupantes. Remo concentra sa pensée sur sa respiration. La douleur se calma, les arbres s'éloignèrent et l'hélicoptère vira pour un nouveau passage.

— Ça va comme ça ! cria Remo. Tu veux t'amuser ? On sera deux, fiston !

Arnold avait l'hélicoptère et l'armement, ce qui était très bien. Parce que de l'avis de Remo, toute personne dans un appareil était désavantagée à côté d'un homme libre dépendant de ses propres forces. La mécanique n'a pas de volonté. Sans volonté, au moindre incident, c'est la panne. Sans volonté, le plus petit grain de sable peut tout arrêter.

Remo était un homme, avec une volonté. Et ce n'était pas un boutonneux avec un pistolet et un hélicoptère qui allait l'arrêter.

Lentement, main sur main, en faisant glisser ses jambes, il retourna vers l'arrière du patin. Arrivé au bout, il balança les jambes et les accrocha par-dessus la queue. Puis il se redressa en prenant soin de rester sur un côté de la queue pour maintenir l'appareil en déséquilibre, et se secoua violemment.

L'hélico vira de bord. Arnold, près des arbres, essaya de reprendre de l'altitude, mais Remo changea de tactique. Il sauta d'un côté et d'autre de la queue, atterrissant de-ci de-là pour faire basculer le gouvernail.

L'hélicoptère plongea. De temps en temps, Remo apercevait la figure affolée d'Arnold. Le garçon essayait d'observer à la fois Remo, ses commandes et le paysage. Ses épaules remuaient. Il était manifestement en train de recharger son pistolet.

Quand il eut fini, il visa hors du hublot du cockpit mais de sa position sur la queue Remo put facilement éviter la balle. Il sauta de l'autre côté, ce qui eut pour effet de faire violemment dévier l'appareil. La balle frappa le gouvernail.

L'appareil tomba. Le moteur crachota. Cala. Arnold tapait frénétiquement sur ses commandes mais les arbres se rapprochaient, de plus en plus vite. Si l'hélicoptère s'écrasait par l'avant, le moteur prendrait feu, Remo le savait, et il perdrait son unique chance de se tirer de Peruvina avant le jour.

Il attendit. Enfin, juste avant le choc, il sauta en l'air, exécuta un double saut périlleux et retomba en plein centre de la queue.

L'hélicoptère se posa à plat dans les arbres, sans la moindre explosion.

Le bras d'Arnold sortit du hublot, pour tirer dans toutes les directions.

— Ça suffit comme ça, morveux, dit Remo en arrachant le pistolet de la main d'Arnold.

Le garçon le regarda avec stupeur. Remo était debout, en équilibre au sommet des arbres ; il avait utilisé suffisamment de poids pour secouer un hélicoptère mais à présent il paraissait ne rien peser. Pas une branche ne craquait sous ses pieds, pas une feuille ne bougeait.

— Elle avait raison, souffla Arnold. Vous êtes vraiment quelque chose de spécial.

— Elle est morte, répliqua Remo. Maintenant sortez de là !

— Vous êtes ensemble, n'est-ce pas ? chuchota Arnold, l'air médusé. Vous et le nommé Smith.

Remo sentit tout le sang refluer de sa figure.

— Qu'est-ce que vous savez de Smith ?

— Elle avait raison. Il existe bien une organisation secrète du gouvernement. Smith la dirige et il y a aussi un vieil Oriental, murmura Arnold comme s'il parlait à lui-même, avec un petit sourire énigmatique. Au début, je ne voulais pas la croire. C'était trop bizarre. Mais elle avait raison. J'aurais dû m'en douter. Elle a toujours raison.

— Sortez de là, gronda Remo.

— Oh, je sais que vous devez me tuer, maintenant. Mais vous ne le ferez pas !

Lentement, Arnold mit une main à sa poche et en retira un simple canif.

— Quoi, pas de lasers, pas de gadgets électroniques ? ironisa Remo.

Arnold restait assis aux commandes et faisait sauter le canif d'une main dans l'autre. Son assurance fanfaronne, son vernis de civilité avaient disparu. Avec son casque énorme et ses lunettes, il avait plus que jamais l'air d'un sale gosse. Un gosse pourri, se répéta Remo.

— Elle a dit que vous me feriez parler si vous m'attrapiez, dit Arnold d'une toute petite voix.

— C'est vrai. Alors sortez de là. Je m'occuperai de vous faire descendre par terre sans casse.

Mais Arnold, les yeux vitreux, le regardait fixement, sans bouger.

— Elle a dit...

Il n'acheva pas sa phrase. D'un geste brusque, large, il plongea le couteau dans son cou du côté gauche et le tira en travers de sa gorge.

Atterré, Remo ouvrit la portière. Le sang jaillissait en fontaine bouillonnante du cou d'Arnold. L'entaille était si profonde que l'on voyait tous les cartilages de son larynx. Ses yeux se révulsaient.

L'hélicoptère cassa une branche et s'installa plus profondément dans les arbres. Le corps d'Arnold, la tête renversée en arrière, bascula et tomba par la porte. Il rebondit et dégringola entre les branches comme une poupée de chiffon, en entraînant des brindilles, en peignant de rouge vif les feuilles qu'il touchait ; dans le silence, on entendait les os se casser.

Ses vêtements s'accrochèrent à une longue branche et le corps resta suspendu comme une carcasse dans un abattoir, la tête ne tenant que par quelques filaments ensanglantés. Finalement, la tête seule atterrit, avec ses yeux fixes et vitreux tournés vers le ciel.

CHAPITRE XVI

Smith observait l'écran vide du terminal, tandis que les ordinateurs bourdonnaient, triaient les renseignements, cherchaient l'adresse d'un téléphone parmi des millions.

La communication avait été brève. Après le message de Remo, il y avait eu au bout du fil, à Peruvina, un drôle de bruit assourdissant. Smith avait travaillé avec une rapidité dont il ne se savait pas capable, pour programmer les ordinateurs de Folcroft et leur donner les coordonnées pour intercepter la transmission.

— Il faut que ça marche, marmonna-t-il.

L'appel de Remo avait encore compromis CURE, si c'était possible au point où on en était. Si l'individu qui avait volé l'attaché-case était à l'écoute au moment de la communication, il savait maintenant que Smith et Remo étaient encore en vie. Et il devait savoir aussi que CURE était capable de retracer n'importe quel appel international.

Le téléphone fut décroché à la première sonnerie par un homme à la voix bougonne et ensommeillée.

— Quoi encore ? grommela-t-il.

La communication était mauvaise. Remo avait dit que les circuits brûlaient. Smith, écoutant sur l'appareil intercepteur, comprenait que la ligne de Peruvina tomberait rapidement en panne.

— Qu'est-ce qu'il y a ? Il n'y a que des parasites sur cette ligne !

— Euh...

Smith chercha à gagner du temps, au cas où la mauvaise transmission gênerait les recherches des ordinateurs.

— Ici un réparateur, improvisa-t-il en étalant son mouchoir sur le combiné pour que sa voix, venant de l'intérieur des États-Unis, ne paraisse pas trop nette pour un appel longue distance. Plusieurs lignes sont en dérangement dans votre région et...

La communication fut coupée dans un grand vacarme de parasites.

— Les fils de Peruvina ont dû entièrement brûler, dit Smith à Chiun, tout en s'affairant aux commandes de ses ordinateurs. Un incendie peut-être. J'espère que les ordinateurs ont retracé l'appel. Autrement... Je n'aurais d'autre choix...

Il ne termina pas sa phrase.

Ils attendirent. Les ordinateurs triaient, examinaient, cliquetaient et bourdonnaient. Enfin, trois lignes de caractères verts apparurent sur l'écran :

DONNELLY, HUGO
322, LINDEN DRIVE
WASH. D. C. (RÉS.)

Smith cligna des yeux quand le texte apparut, incapable pendant un instant de croire à ce renseignement. Puis le pli de son front disparut et il poussa un soupir de soulagement.

— Que je suis bête, murmura-t-il en tapant une nouvelle question.

Il devait y avoir plus d'un Hugo Donnelly à Washington. Mais il venait de penser, stupidement, que l'homme ayant un rapport avec le café de Peruvina corsé à l'héroïne était le même qui occupait un poste officiel important dans le gouvernement des États-Unis.

ÉLABOREZ SUR HUGO DONNELLY.

La réponse vint immédiatement :

DONNELLY, HUGO, NÉ 1927 PORTLAND ORE.
MARIÉ, ARLENE NASH PALMER (DÉCÉDÉE)
1931-1957... ESMERALDA VALASQUEZ DONNELLY. NÉE 1950. RÉSIDENCE ACTUELLE PERUVINA COLOMBIE...
ENFANT, 1 (MASC.)
ARNOLD LANCE DONNELLY, NÉ 1961...
EMPLOYÉ GOUVERNEMENT US ASSIST. SOUS-SECRÉTAIRE INTÉRIEUR.

Smith se mit à trembler. Il se rappela un nom que Remo lui avait donné, celui de l'homme qui avait livré le café de Peruvina à l'entrepôt de Miami, sans se faire payer.

RAPPORT DONNELLY HUGO AVEC BROWN GEORGE, SAXONBURG, INDIANA, OU NORTH AMERICAN COFFEE COMPANY.

AUCUNE INFORMATION.

CHAPITRE XVII

Remo descendit de ses arbres avec mille précautions, en prenant soin de ne pas se servir de sa main blessée sauf pour dégager le corps décapité d'Arnold des branches qui le retenaient.

Il enveloppa sa main dans un lambeau de la chemise du garçon et regarda autour de lui. L'endroit lui disait quelque chose. S'il retrouvait Thompson, le pilote de l'avion, pensa-t-il, il enterrerait les deux cadavres ensemble. Pas très gentil pour Thompson, de le faire reposer à côté d'un fou sans tête, mais les morts s'en fichent.

Le corps du pilote, encore couvert des feuilles imprégnées de sang qui avaient servi à Remo à panser la plaie, était assis contre un arbre. Pauvre diable, se dit Remo. Il avait dû reprendre connaissance avant de mourir. Au moins, il avait eu son heure de vie.

Il souleva doucement le corps, qui était encore tiède. Et les yeux étaient fermés. Les morts ne se ferment pas les yeux eux-mêmes. Il tâta le pouls.

— Thompson ? hasarda-t-il.

Mais ce n'était pas possible, le type ne pouvait plus être en vie, après tout ce temps !

Les paupières battirent et se soulevèrent.

— Vous avez l'air aussi mal en point que je me sens, dit le pilote en reprenant haleine entre chaque mot.

— Vous êtes vraiment fort comme un taureau, répondit Remo en souriant. Vous souffrez beaucoup ?

Le pilote parvint à rire, ce qui lui fit cracher un caillot de sang.

— Je peux supprimer ça.

Remo posa l'homme par terre et pinça un groupe de nerfs, dans son dos. Thompson faillit crier de soulagement.

— Je ne sens rien du tout ! s'exclama-t-il avec stupeur. Je suis comme neuf !

— Pas tout à fait. La douleur avertit que tout ne va pas très bien. Je n'ai fait que supprimer la douleur. Mais le reste ne va toujours pas.

Le pilote était d'une pâleur mortelle. Il avait perdu beaucoup de sang. La blessure, dans son dos, était profonde. Il devait avoir un poumon perforé. Mais il se releva de lui-même et cracha un nouveau caillot.

— Nous avons un hélicoptère, annonça Remo. Est-ce possible de me montrer comment le piloter ? Je pourrais peut-être nous conduire à un hôpital ?

Thompson regarda de tous côtés.

— Où ça, un hélicoptère ?

Remo indiqua le sommet des arbres.

— Comment diable...

— Je vous porterai là-haut.

Dans l'hélicoptère, Thompson examina les commandes.

— Je n'ai pas de brevet pour ce type d'appareil. Je pense pouvoir le piloter mais je n'en sais pas assez pour vous indiquer la manœuvre. D'ailleurs, votre main est en fichu état.

— Merde ! Vous ne pouvez...

— Montez toujours. Je ne vous ferai pas arriver d'accident, affirma Thompson en mettant le moteur en marche. Où allons-nous ?

— A Bogota. A l'hôpital.

— Pour vous ?

— Je vais bien. Pas vous.

Thompson sourit quand ils décollèrent.

— Vous êtes une espèce de Fédé, hein ?

Le cœur de Remo se serra.

— Ne posez pas trop de questions.

— Si, si, c'est certain. Vous êtes en mission ?

Pas de réponse.

— Je veux savoir où vous allez, pour vous y conduire, simplement.

— Nous allons à un hôpital, je vous l'ai dit. D'ailleurs, je ne peux arriver nulle part assez vite avec ce taxi-là.

— Vous avez les relations ?

— Qu'est-ce que vous voulez dire ?

— Il y a une nouvelle base aérienne US à Malagua, une petite île au large de Porto-Rico. Ils ont des F-16, là-bas, plus Dieu sait combien de prototypes, tous supersoniques. Si vous avez les relations.

— C'est loin ?

— Je peux y arriver.

Remo réfléchit.

— Est-ce qu'ils ont un hôpital ?

Thompson pouffa.

— Dans une base pleine de pilotes d'essai ? Vous rigolez, ou quoi ?

Il regarda Remo, attendit.

— Oui, j'ai les relations.

— Un gros bonnet de Fédé. Mais vous avez bien arraché cette portière du DC 3 avec vos seules mains. Sans parler de la transformation du flingue de Belloc en balle de golf noire et un saut en parachute sans parachute. Je ne pensais pas que vous étiez employé aux écritures dans un bureau de New Rochelle.

Remo était pris de panique. *Pas lui*, gémit-il *in petto*. Après tous les salopards et les corniauds que j'ai épargnés, faites que Thompson ne soit pas celui qu'il me faudra tuer. Pas le seul brave type de tout le panier de crabes puants et pourris.

— On ne vous croira pas, dit-il posément.

— Ouais, je sais bien. Je n'ai pas l'intention de parler.

Ils volèrent un moment sans rien dire. Et puis Remo demanda :

— Pourquoi vous êtes-vous embarqué dans cette sale affaire ?

— Vous êtes là pour sauver mon âme, ou un truc comme ça ?

— Non. Simple curiosité.

— Ah. La curiosité... J'ai fait ça pour le fric, simplement.

— Je ne crois pas que c'était pour ça.

— Eh bien, vous vous gourrez. Après cette frasque, les autorités vont bien faire en sorte que je ne vole plus, et je m'en fous éperdument, parce que, tout bien pesé, je ne vaux pas plus cher que Belloc autrement je ne serais pas ici, hein ? Alors, vous voulez aller à Malagua, oui ou merde ?

— Je crois que vous vouliez simplement piloter de nouveau.

— Dieu de Dieu ! Vous êtes encore plus con que moi ! Bon, on va à Malagua.

Avant d'atterrir, ils signalèrent une urgence par

radio et une civière attendait l'hélicoptère venant de Colombie, avec un comité d'accueil de policiers militaires curieux.

Thompson jeta un coup d'œil à Remo, alors qu'il s'apprêtait à atterrir.

— Ah, arrêtez de vous ronger les sangs ! L'avion s'est écrasé, nous avons survécu tous les deux et puis j'ai perdu connaissance. Quand je suis revenu à moi, vous étiez là avec l'hélico. C'est tout ce que je sais. Vous pouvez vous couvrir de votre côté ?

Remo acquiesça distraitement. Il ne s'inquiétait pas du tout de sa propre couverture.

— Ces types là en bas, ils vont vouloir vous faire parler. Savoir ce que vous faisiez en Colombie.

— Ne faites pas l'imbécile ! Ce qui doit arriver arrive.

— Vous irez en prison.

— Et après ? grogna Thompson en posant l'hélicoptère. Dites, vous voulez me refaire ce truc dans le dos ? Je recommence à avoir foutrement mal.

Remo pinça légèrement la colonne vertébrale du pilote. Ils sortirent de l'appareil.

— Cet homme a été blessé et je dois donner un coup de téléphone, dit Remo en guise de salut.

Un quart d'heure plus tard, on préparait Thompson pour la salle d'opérations, en lui faisant des transfusions de sang massives. Remo força le barrage de tout un régiment d'infirmières indignées pour passer au chevet du pilote.

— Vous allez vous en tirer, maintenant, lui dit-il.

— Ce bruit, là-dehors. C'est un F-16. Pour vous ?

— Ouais.

— Très gros Fédé, dit Thompson avec le sourire et, comme Remo s'éloignait, il le rappela. Hé ! Merci, hein ? Merci d'être revenu me chercher.

Remo ne répondit pas. S'il n'y avait pas eu le corps de Thompson entre le fragment de métal et lui, il serait sans doute mort. Si Thompson n'avait pas insisté pour piloter l'hélicoptère vers une base aérienne au lieu d'un petit hôpital pépère de Bogota, il serait en train de chercher désespérément comment sortir d'Amérique du Sud, alors que maintenant il allait s'envoler dans un avion supersonique. Thompson allait passer sous le bistouri et ensuite il irait en prison pour un truc dont il ne savait même rien et pourtant Thompson le remerciait !

Le destin, pensa Remo non sans amertume. Ainsi va le monde. C'est ça le show-biz. Et Thompson le comprenait parce qu'il était un de ces types qui persévérait et allait de l'avant tandis que le destin le bourrait de coups bas. Ça, c'était un homme.

— Je ne vous oublierai pas, dit Remo à haute voix.

CHAPITRE XVIII

Smith se tenait à la glace sans tain de sa fenêtre, dans son bureau du sanatorium de Folcroft. Elle donnait sur toute la largeur du détroit de Long Island. Smith était seul. Il n'avait jamais été aussi seul.

Les premières lueurs de l'aube commençaient à pâlir le ciel, à allumer sur les vagues de l'océan des reflets roses et mauves. Sa blessure le faisait encore un peu souffrir mais c'était supportable. Les soins de Chiun avaient été meilleurs que ceux de n'importe quel médecin. Le vieux Coréen avait proposé de supprimer complètement toute douleur mais Smith ne pouvait le permettre. Il était tout à fait opposé à tout traitement sans douleur. C'était immoral, en quelque sorte. Et puis d'ailleurs, la douleur l'aidait à réfléchir.

Il réfléchissait et attendait depuis le coup de téléphone de Remo, de Malagua. Un coup de téléphone très bizarre, pour dire le moins. Pour commencer, Remo avait parlé entièrement en code. Comme s'il savait que CURE était sur le point de disparaître.

Smith aurait bien voulu connaître l'étendue des informations de Remo sur l'affaire mais la communication devait être la plus brève possible. Moins on en dirait, plus les voleurs auraient du mal à décrypter la transmission.

Remo donna donc des renseignements succincts, sur Arnold et Esmeralda, dans le langage imaginé par les ordinateurs de Folcroft. Il indiqua sa position et demanda un moyen de transport pour Rye.

— C'est fait, répondit Smith dans le même code. Mais ne venez pas ici. Allez attendre dans le hall de l'hôtel *Excelsior* à Washington. Chiun vous y rejoindra avec de nouvelles instructions.

Toute la conversation avait duré moins d'une minute. Smith était allé ensuite dans une cabine publique pour donner plusieurs coups de fil, s'arranger pour qu'un F-16 transporte Remo à Washington sans que des questions gênantes soient posées et puis il était retourné dans son bureau.

Chiun attendait toujours en silence, dans le coin qu'il s'était approprié. Smith écrivit un long message et replia le feuillet.

— Un avion privé vous attend au terrain d'aviation local, dit-il.

— Pour moi ? s'exclama Chiun, rayonnant. Pour moi tout seul ? Je pourrai m'asseoir où je voudrai ?

— N'importe où. On vous attendra à votre arrivée et un chauffeur vous conduira à l'*Excelsior*. Attendez Remo dans le hall et remettez-lui ceci, dit Smith en donnant le message. Personne d'autre ne doit le lire !

— Vous serez obéi, répliqua solennellement Chiun en s'inclinant très bas. Votre humble serviteur n'oublie pas les bontés de son illustre empereur. Dans le crépuscule de mes ans...

— Euh... oui, c'est ça, c'est ça, Chiun, interrompit distraitement Smith.

Chiun glissa le feuillet roulé dans sa manche et s'en alla avec toute la dignité convenant à son rang.

Smith alla se poster à la fenêtre. L'attente continuait.

Elle devait durer toute la nuit. Maintenant, le jour allait se lever et l'attaché-case n'avait toujours pas été retrouvé. CURE continuait de fonctionner, exposant la nation à d'irréparables dégâts, à chaque minute qui passait. Il se demandait s'il avait bien fait de ne pas détruire l'organisation à minuit. Remo avait fourni des renseignements, mais pas assez. Smith se demanda aussi s'il n'avait pas risqué l'avenir de l'Amérique afin de sauver sa propre peau. Il n'en savait rien et cette question tournait sans cesse dans sa tête. Il finit par la chasser. Il avait bien d'autres sujets de réflexion, plus inquiétants.

George Brown. Hugo Donnelly. Saxonburg, Indiana. Pas d'information dans les ordinateurs. Pas d'information.

Il était 6 h 14.

Il se souvint d'avoir déclaré : « Demain, il sera trop tard. » Les vagues du détroit étincelaient à la lumière matinale. On était demain.

Il ferma les yeux, crispa les paupières.

Une main gantée de gris...

Brusquement, il sursauta, si soudainement qu'il s'étrangla et toussa. Une main à son côté, il retourna vers son terminal, tapa « SAXONBURG, INDIANA » et fit suivre ces mots d'un tout nouvel interrogatoire.

A 7 h 02, il avait la réponse.

Il décrocha son costume de rechange dans la penderie de son bureau, s'habilla lentement et péniblement et appela un taxi.

Avant de partir, il régla le mécanisme autodestructeur des ordinateurs de Folcroft pour qu'il se déclenche à midi juste, mais en s'arrangeant pour que la destruction de CURE ne puisse être évitée que par un contrordre donné par sa propre voix, émanant directement du téléphone dans l'attaché-case.

Parce que, s'il ne se trompait pas, il serait en possession de la mallette avant midi.

Et s'il se trompait, midi arriverait bien après l'heure prévue pour sa propre mort.

CHAPITRE XIX

Le kimono de brocart d'or de Chiun paraissait encore plus somptueux dans le décor plutôt miteux de l'*Excelsior*.

— Salut, petit père, dit Remo.

— Regarde-toi ! chuchota le vieil Oriental en jetant des coups d'œil gênés à la ronde. Une honte ! Ton tee-shirt est déchiré. Tu as la figure couverte de sang qui a séché comme de la peinture. Je suis arrivé ici dans un avion privé. Est-ce que tu imagines ce que cela va faire à mon image de marque, d'être vu en compagnie d'une personne telle que toi ? Et qu'est-ce que c'est que ce chiffon autour de ta main ?

— Un pansement. On m'a tiré dessus.

— Toi aussi ? Personne, dans ce pays de rustres, n'a donc un sens correct de l'équilibre ?

— Smith ? s'écria Remo en élevant la voix. Vous deviez le surveiller ! C'est grave ?

— Je n'ai pas à m'expliquer à toi, protesta Chiun. L'empereur va bien et il déborde de reconnaissance pour moi. Il sait manifester sa gratitude, ce que je ne pourrais dire de certaines personnes qui ne sont même pas capables d'arriver à l'heure pour dîner.

— Je ne peux pas y croire ! Je ne vous ai demandé qu'une seule chose... Oh, zut ! bafouilla Remo furieux. Donnez-moi le message de Smitty. Nous discuterons plus tard.

— Tu n'as pas de manières du tout, gronda Chiun en fourrant le papier dans la main de Remo. Je fais ceci pour l'empereur, pour lui seul parce que je le lui ai promis. Pas pour des individus sans manières qui ne savent pas demander quelque chose poliment.

Remo lut le message, en fronçant les sourcils.

— Qu'est-ce que ça dit ?

— Il veut que j'achète un costume de ville, répondit Remo.

— Excellent discernement, estima Chiun qui tiraillait le dos déchiré du tee-shirt de Remo.

— Et puis il veut que j'aille retirer cent mille dollars de la banque d'en face.

— En or ? demanda Chiun, les yeux brillants.

— Non.

— Alors ça ne compte pas.

La secrétaire de Donnelly, très occupée à se limer les ongles, s'éleva comme un zéphyr derrière sa montagne de paperasses.

— Nous avons rendez-vous, déclara Remo.

Elle resta un moment sans expression, l'air vague tandis que le mouvement de sa lime ralentissait.

— Ah oui ! s'exclama-t-elle enfin avec un sourire. Je savais bien que quelqu'un avait téléphoné. Je l'ai même noté quelque part. Vous êtes...

Elle fouilla parmi son monceau de papiers, en créant une petite tempête de neige.

— Je suis Chiun, dit Chiun en s'inclinant poliment.

— Chiun est un des plus importants hommes

d'affaires de Corée, expliqua Remo. Il vient voir Mr Donnelly, au sujet d'une affaire d'exportation.

— Oui ! s'écria avec enthousiasme la secrétaire. Ça me revient. Et vous êtes son assistant, c'est ça ?

— Pan dans le mille. Je suis Remo. Remo...

— Wang, acheva Chiun, et Remo le regarda avec étonnement. Un nom très commun, comme il se doit.

— Remo Wang, répéta la secrétaire. Enchantée de vous connaître, Mr Wang. Je m'appelle Darcy Devoe. Dans le temps, c'était Smith mais j'ai changé ça. Comme je dis toujours...

— Est-ce que Mr Donnelly est là ? interrompit Chiun.

— Bien sûr. Je lui ai parlé de vous quand vous avez téléphoné. Il est impatient de vous voir. Son bureau est...

Elle tourna lentement sur elle-même, en examinant les murs d'un air interdit, jusqu'à ce que ses yeux se posent sur l'unique porte intérieure.

— Par là ! dit-elle triomphalement en montrant la porte du doigt.

— Merci, dit Remo et il ajouta, en coréen : C'est sûrement la fille la plus nunuche de Washington.

— Elle est blanche, répondit philosophiquement Chiun.

Donnelly était un homme solidement charpenté aux traits lourds et aux gestes exubérants.

— Mr Williams ? dit-il à Remo avec un grand sourire.

— Wang.

— Wang ? Je vous prie de m'excuser. Ma secrétaire n'a pas dû bien comprendre. Elle est un peu désorganisée, par moments.

— Il faut l'excuser, dit généreusement Chiun. Elle est...

— Et voici Chiun ! annonça Remo d'une voix forte.

Donnelly essaya de s'incliner d'une manière qu'il devait juger poliment orientale.

— Ah oui. Mr Chiun de... (Il tira rapidement un bout de papier de sa poche...) de Sinanju. Est-ce que je prononce correctement, Mr Chiun ?

— A la perfection. Et Chiun suffit. Comme je suis le Maître de Sinanju, qui voyage dans des avions sans autres passagers, aucun autre titre n'est nécessaire.

— Le Maître de... ah bon... Eh bien asseyez-vous, asseyez-vous, je vous en prie. Je vais nous servir à boire.

Chiun glissa ses mains dans ses manches.

— C'est inutile. Et je préfère rester debout. Mon assistant va vous expliquer la raison de notre visite.

— Oui, bien sûr, dit Donnelly. Vous cherchez des produits américains à importer à Sinanju ? Je ne crois pas que nous ayons eu déjà le plaisir de... de traiter avec vous.

— Vous savez ce que nous voulons, intervint Remo. Du café.

— Ah ! Du café.

Remo posa sur le bureau la mallette qu'il portait et l'ouvrit. Elle était pleine de liasses de billets de cent dollars.

— Cent mille dollars, déclara-t-il.

— Ah, ce café-là !

— Nous avons entendu dire qu'il rend les gens heureux.

— Très heureux, assura Donnelly.

— Un peu de bonheur, c'est justement ce que recherche le Maître de Sinanju. Il a un problème de moral avec sa population. Depuis trois cents ans, voyez-vous, ces gens meurent de faim et travaillent comme des esclaves et leur productivité commence à baisser.

— Tss, tss, fit Donnelly.

— De plus, le Maître pense pouvoir faire un joli bénéfice avec ces sacs-là.

— C'est bien naturel. Un bon café américain...

— Non, non. Pas américain. Le café de Peruvina. C'est ça que nous voulons.

Donnelly perdit son sourire.

— Comment connaissez-vous Peruvina ? demanda-t-il avec méfiance.

— J'ai passé la soirée avec votre fils Arnold.

Donnelly retrouva le sourire.

— Ah, vous connaissez Arnold ! Eh bien, cela présente les choses sous un autre jour. Vous êtes amis ?

— Je vous avouerai que j'ai eu beaucoup de mal à quitter la plantation.

— Il a une bonne tête sur ses épaules, ce petit, confia fièrement l'heureux papa d'Arnold.

— Euh... il en avait une, oui.

— Il va venir ici, d'ailleurs. J'ai reçu un coup de fil hier soir. Pour tout vous avouer, c'est pour ça que je suis au bureau d'aussi bonne heure. En général, je ne me lève pas à l'aube mais, comme ça, nous pourrons passer toute la journée ensemble, mon garçon et moi. Avez-vous fait la connaissance de ma femme, Esmeralda ?

— Oui. Mais elle a dû partir à l'improviste. Elle s'est envolée.

— Ah, vraiment ? Bon, pour en revenir à notre affaire. Je suppose qu'Arnold vous a parlé de nos projets ?

— Plus ou moins. Il a dit que vous avez l'intention de vendre votre café sur les marchés internationaux. Ce que Chiun voudrait savoir, c'est comment vous ferez pour expédier votre café à Sinanju, alors qu'il a été interdit partout aux États-Unis.

Donnelly s'esclaffa et assena une claque dans le dos de Remo.

— C'est ça le plus beau ! Je vais vous expliquer.

Il ôta sa veste et retroussa ses manches de chemise, pour indiquer à sa manière de bureaucrate qu'il était prêt à se mettre au travail.

— Le marché américain, voyez-vous, n'était qu'un ballon d'essai, pour voir si toute la population d'un pays boirait ce café. Il y a bien trop de règlements ici pour permettre à quelque chose d'aussi séduisant que notre café de Peruvina d'être vendu indéfiniment. Mais dans des nations plus éclairées, telles que la vôtre, Chiun, nous n'avons pas à nous soucier d'un tas de restrictions ridicules. Ce café était d'ailleurs destiné à l'exportation, dès le début.

— Par l'intermédiaire de ce bureau, dit Remo.

— Précisément. Je suis l'adjoint du sous-secrétaire d'État à l'Intérieur chargé des règlements concernant l'importation et l'exportation des produits agricoles. Il n'y aura aucune difficulté pour expédier le café à Sinanju ou ailleurs.

— Mais le ministre de l'Intérieur ?

Donnelly soupira.

— Vous devez comprendre la politique de Washington, Mr Wang. Le ministre est un homme occupé. Il a des côtes océanes entières à détruire. Tout son temps est pris par la vente de régions sauvages à des entreprises commerciales. Ce n'est pas facile de compromettre tout l'équilibre écologique de l'hémisphère occidental. Le ministre a les mains pleines.

— Je vois. Et le sous-secrétaire ?

— Le sous-secrétaire est accaparé par tout ce que le ministre devrait faire s'il n'avait pas à s'occuper de toutes ces terres non commerciales et de l'eau potable. Il doit aller à des déjeuners, prendre la parole dans des clubs féminins, assister aux réceptions de la Maison-Blanche... Le travail du sous-secrétaire n'est jamais fini.

— En effet, ça doit être dur, reconnut Remo.

— Et pour moins de quatre-vingt-dix mille dollars par an ! Mais aussi, nous sommes fonctionnaires, au service du public. Des sacrifices doivent être consentis quand on sert sa patrie.

— Probablement.

— Alors vous voyez bien. J'ai relativement carte blanche pour l'exportation de produits américains.

— Comme les ventes de blé à la Russie ?

— Oh, c'est Darcy qui s'occupe de ces détails.

Remo songea à l'amoncellement de papiers sur le bureau de la secrétaire et à son expression particulièrement idiote. Il s'étonna.

— Elle ?

— Quelqu'un doit bien faire tout ça.

— Et vous, qu'est-ce que vous faites ? demanda Chiun.

Donnelly se rengorgea d'un air important.

— La principale prérogative d'un bon cadre de direction est de penser. De garder son esprit libre pour les grandes décisions. Bien se reposer, bien manger, ce genre de choses.

— Bien sûr, murmura Chiun.

— Et visiter des entrepôts de café, dit Remo.

Donnelly le regarda, un peu surpris.

— Ah ? Vous êtes devenu vraiment copain avec Arnold, on dirait.

— Nous parlons de beaucoup d'argent, Mr Donnelly. Ou devrais-je dire Georges Brown ?

Donnelly éclata de rire.

— Vous n'en ratez pas une, hein ?

— Ainsi, vous êtes George Brown ?

— Personne n'est George Brown. Ce n'est qu'un nom qu'elle... que j'ai inventé. J'ai fait imprimer quelques cartes. Nous devions trouver un moyen de livrer le café aux entrepôts. Une sacrée bonne idée, à mon avis. Pour bien faire démarrer les affaires.

— C'est votre affaire à vous ? Votre affaire personnelle ? demanda Remo.

— Eh bien... j'ai des associés. Mon fils, par exemple. C'est lui qui a mis au point le café. Mais en général il reste à Péruvina et... quelqu'un d'autre...

— Votre femme est morte, Mr Donnelly.

— Morte ? Vous en êtes sûr ?

— Eh oui.

Lentement, Donnelly allongea la main vers son interphone.

— Darcy. Esmeralda est morte, annonça-t-il.

Il y eut un bref silence à l'autre bout du fil.

— Vous voulez que je vous arrange quelque chose avec quelqu'un pour le week-end ? demanda enfin Darcy.

— Non. Vérifiez simplement le testament, dit-il avant de couper la communication. C'est terrible. Pauvre femme.

— Arnold l'a tuée. Je l'ai vu.

— Elle était ravissante.

— Alors maintenant, vous n'avez plus qu'un associé.

— Pardon ? Ah oui. Sans doute. Rien qu'Arnold et moi.

— Il a vaguement parlé de l'Indiana.

Donnelly écarta l'Indiana d'un geste.

— Oh, ce n'est rien, ça. Un petit hectare de terrain avec une cabane, dans un trou perdu. Sur le papier, le café vient de là. Comme ça, je peux tout faire passer par l'exportation américaine.

— Très astucieux, dit Remo.

— Trop astucieux, marmonna Chiun.

L'interphone bourdonna.

— Votre femme a laissé le domaine et Peruvina à vous et à votre fils, Monsieur, dit Darcy.

Une rougeur de satisfaction monta aux joues de Donnelly et il fit de louables efforts pour ne pas sourire.

— Pauvre Esmeralda, c'est épouvantable.

— Et Peruvina. La maison a été incendiée. Il ne doit plus rien en rester, maintenant.

La figure de Donnelly perdit instantanément toute couleur.

— Arnold a fait ça aussi. Un sacré galopin, que vous avez élevé.

D'une main tremblante, Donnelly appuya de nouveau sur le bouton de l'interphone.

— Darcy ! Darcy ! appela-t-il. J'ai besoin de vous.

— Une seconde, j'ai un ongle qui accroche.

— Peruvina a disparu ? chuchota-t-il. C'est là que je devais prendre ma retraite, une fois l'affaire de café bien lancée. Et maintenant, plus rien... Disparu...

— Arnold aussi. Il s'est tué.

— Darcy ! rugit Donnelly, mais elle ne répondit pas. C'est vous qui l'avez tué ! Ça ne peut être que vous !

— Pas du tout. Croix de bois, croix de fer, affirma Remo. Et pourtant, il a cherché assez souvent à me tuer. Et, à propos de crimes, c'est vous qui avez assassiné tous les gens dont j'ai parlé.

— Qu'est-ce que vous racontez ? C'est vous le tueur, pas moi !

— Disons que c'était George Brown, dit Remo en se levant pour marcher lentement vers Donnelly, qui recula. Et ce petit sabotage pour faire exploser l'avion, que vous avez manigancé avec votre chère femme disparue, ça a mal tourné aussi.

— Quel avion ?

— Ben voyons ! Arnold vous a téléphoné de Peruvina. Il savait exactement ce qui se passait.

— Vous dites n'importe quoi ! Darcy ! Miss Devoe ! Appelez la police, bon Dieu ! hurla Donnelly.

La porte s'ouvrit. Darcy lui lança un Browning 38.

— Votre pistolet, Monsieur.

Donnelly recula contre le mur ; le revolver tremblait dans sa main.

— Foutez le camp ! glapit-il d'une voix étranglée. Foutez le camp d'ici sinon je jure que je vais vous abattre !

Remo s'avança. Donnelly tira.

La balle passa à l'endroit exact où se tenait Remo au moment où la détente était pressée, mais il n'y était plus. Il était à côté de Donnelly et le revolver se transformait en gravier dans la main pansée de Remo tandis que dans l'autre le crâne de Donnelly devenait une substance ressemblant à du porridge.

— Dar...

— Faut que je me sauve, patron. Pause-café ! lança Darcy en s'en allant dignement.

Pendant quelques secondes, Remo et Chiun contemplèrent le cadavre de Donnelly.

— C'est drôle, murmura Remo. Ce coup-ci, ça ne m'a rien fait. De tuer, je veux dire. Ça ne m'a pas gêné du tout.

— Moi si.

— Hein ?

— Ton coude était plié, comme d'habitude, dit Chiun avec résignation.

— Oui, enfin bref, ça les liquide tous. Esmeralda, Arnold, Donnelly. Maintenant, cherchons la mallette de Smith.

Remo commença à démolir méthodiquement les bibliothèques et les classeurs.

— Tu ne la trouveras pas ici, dit Chiun.

— Pourquoi ?

Chiun ne répondit pas. Ensemble, ils fouillèrent les deux bureaux, à fond. Il n'y avait pas la moindre trace de l'attaché-case de Smith.

— Mon fils, dit Chiun, en recevant l'ordre de l'empereur, je serai obligé de te tuer. Cela fait partie de mon contrat avec lui. La mallette n'est pas ici. Maintenant dis-moi, pour nous sauver tous. Pourquoi n'est-elle pas ici ?

Remo resta un long moment silencieux.

— Quelque chose clochait.

— Qu'est-ce que tu dis ?

— Donnelly ne voulait pas me tirer dessus. Il avait peur. Peur de tirer avec le revolver. La personne qui a tué tous ces gens et saboté l'avion où j'étais n'avait pas peur de tuer.

— Et quoi encore ?

— Il n'était pas assez intelligent. Inventer l'histoire George Brown, faire passer le café par l'Indiana... Il n'avait pas le cerveau capable d'imaginer tout ça. Il ne dirigeait même pas son propre bureau...

Les mots s'étranglèrent dans le gosier de Remo.

CHAPITRE XX

Smith entra sans problème dans la maison aux abords de Saxonburg, dans l'Indiania. C'était une vieille baraque, d'une seule pièce, vide. Jamais autre chose qu'une masure, même flambant neuve, elle montrait des traces de vandalisme, depuis les boîtes de bière cabossées jonchant le plancher jusqu'aux graffiti sur les murs. Un tapis élimé empestant l'urine recouvrait les lattes grinçantes.

C'était pourtant l'endroit, pensa Smith. Les ordinateurs de Folcroft ne se trompaient jamais.

A moins que lui-même se soit complètement trompé. Dans ce cas, le tueur était encore un inconnu, l'attaché-case avait disparu à jamais et CURE affrontait sa fin inévitable.

Mais il ne pouvait pas se tromper ! Une erreur supposerait trop de coïncidences. La plantation de café en Colombie, son lien direct avec Donnelly, la cabane de Saxonburg, tout cela collait à la perfection. Même les ordinateurs lui avaient donné une probabilité de quatre-vingt-onze pour cent. Non, il ne pouvait pas se tromper. La mallette était là, quelque part.

Il n'y avait rien à fouiller. Pas de meubles, pas de livres, pas d'étagères. Les placards ne dissimulaient aucune sortie dérobée. Même les murs, jadis tapissés d'un papier à fleurs bon marché mais à présent dénudés jusqu'au plâtre craquelé, n'avaient pas de creux, pas de cachettes secrètes. Il les balaya quand même entièrement avec un petit détecteur miniaturisé. Pas de micros, pas d'appareils électroniques, rien de ce genre n'avait été installé. L'endroit n'était pas plus protégé qu'une rue de village.

Il se haussa sur la pointe des pieds avec son détecteur pour sonder les coins du plafond. C'était une petite maison de plain-pied avec un grenier qu'on voyait de l'extérieur, mais on ne savait jamais. Rien.

Sa blessure le faisait souffrir, à force de lever les bras. Il fit encore une fois le tour de la pièce. En suivant le mur du fond, il buta contre une vieille bouteille poussiéreuse et s'étala à plat ventre.

La douleur fut atroce. De la bile lui monta à la gorge. Il resta là pendant plusieurs minutes, haletant, respirant la puanteur du tapis, avant d'essayer de se relever.

Le détecteur était tombé au milieu du tapis. Il s'y traîna. Et il entendit alors quelque chose. Un faible bip-bip-bip.

Le plancher ! pensa-t-il, sans plus se soucier des points de suture qui avaient sauté. Il repartit vers le fond et commença à rouler la carpette crasseuse, avec tous ses détritus. De la sueur tombait de son front à grosses gouttes dans la poussière du plancher. Le sang avait traversé son pansement et une grande tache rouge vif s'étalait sur sa chemise. Il le remarqua à peine.

Car au beau milieu de la pièce, il y avait ce qu'il attendait, une trappe carrée avec un cadenas, encastré dans une alvéole.

Il prit dans la poche de sa veste une petite trousse de cuir pleine d'outils très fins et crocheta le cadenas. Les outils étaient faits pour démonter un ordinateur mais ils fonctionnaient tout aussi bien pour l'effraction. Smith avait crocheté assez de serrures au cours de sa carrière pour en ouvrir une avec une épingle à cravate, mais les outils facilitaient les choses. Le cadenas s'ouvrit en moins d'une minute.

Il aurait bien dû se douter, pensa-t-il plus tard, que quelqu'un dissimulant du matériel électronique dans un endroit aussi vulnérable que cette cabane de Saxonburg prendrait d'autres précautions qu'un cadenas ordinaire mais il était trop ravi de sa découverte, trop avide, il souffrait trop de sa blessure pour réfléchir. Ou pour remarquer les curieux grattements sous la trappe alors qu'il la soulevait. Au moins mille gros rats noirs s'en échappèrent en poussant des cris perçants et le recouvrirent.

Il recula vivement. Les rats se ruaient hors du trou et envahissaient la pièce. Pendant un instant, il resta pétrifié de terreur irraisonnée. Puis, tremblant comme s'il avait la danse de Saint-Guy, il finit par se ressaisir.

Rien. Ce n'était rien. Un truc pour faire peur à des enfants curieux.

Mais un sacré bon truc.

Il se traîna vers la porte et l'ouvrit. Les rats s'enfuirent. En respirant profondément pour se calmer, il retourna à la trappe et y descendit. Il y avait un autre niveau, à un mètre environ sous le rez-de-chaussée. Smith se mit à quatre pattes dans l'obscurité et tâtonna sur toute la plate-forme avec son détecteur.

A un mètre cinquante, sur la droite de la trappe, le détecteur devint fou. La main droite de Smith découvrit une arête vive dans le bois. Un trou. Un simple trou.

Prudence, se dit-il en ramenant vivement sa main. Je ne me fais pas prendre deux fois.

Il ôta sa cravate, avec sa pince de métal, et la balança à l'intérieur du trou. Un déclic soudain et la plate-forme fut baignée d'une lumière blanche éblouissante fulgurant en zigzag en travers de l'ouverture.

Une décharge électrique. Assez forte pour tuer un cheval, à en juger par l'intensité de la lumière émanant du petit trou.

Smith se sentit mieux. Une charge furieuse de rats serait toujours pour lui une terreur mais la neutralisation d'un champ de sécurité électrique lui était familière. Il chercha l'interrupteur dans l'obscurité, rendue encore plus opaque par le bref éclair éblouissant.

Sur la gauche du trou il sentit un disque de métal avec une fine ouverture au centre. Un trou de serrure.

Parfait, pensa-t-il. *J'aurais aussi utilisé un interrupteur à clef*. Prenant dans sa trousse un long instrument d'acier flexible, il s'attaqua à la serrure. Malgré l'aspect désespéré de la situation, il commençait à éprouver de l'admiration pour l'assassin. Les mesures de sécurité étaient bonnes. Simples mais efficaces. Et bien cachées, comme devaient l'être toutes mesures de sécurité. C'était l'œuvre d'un cerveau intelligent, qui ne négligeait aucun détail.

Un cerveau, en somme, semblable au sien.

L'instrument tourna dans la serrure. Smith plongea de nouveau sa cravate dans le trou. Pas de réaction. Il s'insinua dans l'ouverture, son pied trouva un appui et il descendit par une échelle.

A la base, il y avait une ampoule électrique normale, qui s'allumait par un cordon. Simple, pas de chichis. Un bon esprit bien clair, pensa-t-il. Sur une table, contre le mur, était posé un petit ordinateur, un modèle familial amélioré. Le téléphone de l'attaché-case y était branché par des fils. Et sous la table, il y avait la mallette.

Il déconnecta les fils, forma le numéro de code qui, par divers relais, aboutissait directement aux mémoires de Folcroft et ordonna :

— Supprimez autodestruction.

Une petite vague de soulagement l'inonda. Rien qu'un peu. Il examina le petit ordinateur.

Il avait été certain qu'il y aurait un ordinateur. A moins que le vol de l'attaché-case n'ait été qu'un simple délit en passant, le voleur devait s'y connaître en cerveaux électroniques. Mais ça... Il tâta un petit tube mince, sortant derrière l'appareil, qui était soudé à un disque de quinze centimètres de diamètre couvert de microcircuits. C'était presque identique au système qu'il avait fabriqué pour permettre aux ordinateurs de Folcroft de puiser dans toutes les mémoires du monde entier, grâce à des signaux à ondes courtes.

— Remarquable, murmura-t-il et, s'apercevant qu'il avait encore le téléphone à la main, il réitéra son ordre. Je répète. Supprimez autodestruction.

A l'autre bout du fil, les ordinateurs de Folcroft bourdonnèrent, cliquetèrent et se turent. Smith reçut une transmission codée en morse : EMPREINTE VOCALE ACCEPTÉE. MÉCANISME AUTODESTRUCTEUR DÉSACTIVÉ. Et la communication fut coupée.

Il posa le téléphone et consacra toute son attention au petit ordinateur. Il savait qu'il devait le démolir et s'enfuir immédiatement, mais il avait du mal à s'y résoudre. Il alluma le terminal. Il choisit dans sa trousse les outils nécessaires et tapa au hasard :

2, 16, 28, 59. TROUVEZ SÉQUENCE.

Le petit appareil cracha des numéros jusqu'à ce qu'il puisse organiser une séquence mathématique d'un nombre de vingt chiffres. Insérant un outil plat dans un circuit reconnaissable, Smith effaça la fonction mathématique et vit les chiffres disparaître de l'écran.

Puis il posa son instrument au-dessus des autres circuits exposés et tapa le mode de classement biographique de l'ordinateur. Il donna le premier nom qui lui passa par la tête : DONNELLY, HUGO.

L'appareil répondit :

DONNELLY, HUGO
322, LINDEN DRIVE
WASH. D.C. (RES.)
NÉ 1927 PORTLAND, ORE.
MARIÉ. ARLENE NASH PALMER (DÉCÉDÉE)
1931-1957... ESMERALDA VALASQUEZ DONNELLY. NÉE 1950...

Il regarda fixement l'information. Elle était présentée exactement comme le faisaient les ordinateurs de Folcroft. Mais ce n'était pas possible ! Il avait programmé lui-même les mémoires de Folcroft. Bien sûr, il pouvait s'agir d'une coïncidence.

SMITH, HAROLD W., tapa-t-il.

Aucune mémoire d'ordinateur au monde, à part celles de Folcroft, ne contenait de renseignements précis sur lui-même, et même ceux de Folcroft ne les livraient pas sans un code spécial.

SMITH, HAROLD W., NÉ 1925
RÉS. 426 WESTACRE LANE, RYE, NY...
MARIÉ. IRMA WINWOOD SMITH, NÉE 1927
ENFANTS : 1 (F) BETH JO ANN, NÉE 1955...
PROF. DIR. SANATORIUM FOLCROFT, RYE, NY
PROF. DIR. CURE (RÉF. CURE, CODE SPÉCIAL 5201-26. MODE OPÉRATIONNEL 58-MMC)...

— Surpris, docteur Smith ? murmura une voix sur l'échelle, derrière lui.

Il pivota. La première chose qu'il vit fut une paire dc gants de chevreau gris.

Il ne s'était pas trompé. De son manteau, Darcy Devoe tira un Browning 38.

CHAPITRE XXI

— Vous me flattez, minauda Darcy.

— Comment avez-vous eu accès à mes mémoires d'ordinateurs ?

Elle sourit. Un vrai sourire, complètement dépourvu de la stupéfiante imbécillité de la secrétaire d'Hugo Donnelly. Elle avait l'air d'une autre femme, la tête élégamment levée, les mains immobiles, les yeux brillants d'une froide intelligence.

— Ça n'a pas été facile, répondit-elle. Mais quand même, une fois mon matériel construit, les signaux étaient relativement peu compliqués.

— Vous avez été à l'écoute vous-même des appels à mon bureau ?

— De Washington, oui. Je voulais savoir qui serait votre successeur et j'ai branché votre téléphone sur mon ordinateur pour que tout appel donné à Folcroft, et par conséquent au téléphone dans votre mallette, sonne à la fois chez moi et à mon bureau. J'avoue que j'ai été surprise en découvrant que vous étiez toujours en vie. Mais ça ne va pas trop durer.

— Je... je suis suivi, dit Smith pour gagner du temps mais Darcy pouffa.

— Piètre tentative. Vous ne savez pas mentir.

— Moins bien que vous, je le reconnais.

— Autant vous avertir tout de suite, docteur Smith, que vous n'avez aucun moyen de vous échapper d'ici, avec ou sans vos extraordinaires petits assistants. J'ai installé certains systèmes à l'épreuve de tout. A propos de vos amis, tiens, je crois qu'ils se sont récemment débarrassés de Mr Donnelly.

— C'était exactement ce que vous vouliez, je suppose. D'abord Esmeralda, puis Arnold et enfin Donnelly. Les derniers obstacles éliminés.

Elle haussa un sourcil.

— Voilà une bonne déduction. J'aime votre façon de réfléchir, vous savez. Si, si. J'ai appris à vous connaître, par vos ordinateurs. Vous avez un esprit clair, précis, utile. Je ne l'ai pas sous-estimé. Dès l'instant où vous m'avez donné cette carte bidon dans le bureau de Donnelly, j'ai deviné que vous en saviez bien plus que vous n'en aviez l'air. Vous cachez bien vos capacités.

— On pourrait en dire autant de vous.

Darcy rit encore.

— Vous faites allusion à ma personnalité de bureau ? Je trouve que j'ai assez bien joué ce rôle.

Smith s'éclaircit la gorge.

— Euh... Votre ordinateur. Il est très bien.

— Merci. C'est un grand compliment. Mais ce que vous voulez réellement savoir, c'est comment je l'ai construit ? Vous vous êtes renseigné sur mes antécédents, bien sûr.

— Oui. C'est ce qui m'étonne. Je sais que vous avez été élevée ici, dans ce village, dans cette maison. Vous n'avez pour ainsi dire pas d'instruction. Si vous me permettez de poser la question...

Smith rougit. C'était très bizarre. Il était là, tenu en respect par un danger qui menaçait tout ce qui lui tenait à cœur, et pourtant il se faisait l'effet d'un gamin invitant pour la première fois une fille à danser. Elle l'observait, les yeux pétillants.

— Ça ne me gêne pas, répondit-elle. Je me suis instruite moi-même. Je lisais tout ce que je pouvais, sur tout. Pendant douze ans j'ai passé des nuits entières à m'apprendre comment penser. A vingt-six ans, j'ai trouvé un emploi de monteuse à la chaîne dans une manufacture d'ordinateurs. C'est là que j'ai appris le fonctionnement de ces appareils. Je volais des pièces, je les étudiais chez moi ; je les rapportais avant qu'on s'aperçoive de leur disparition. C'était devenu ma passion... Vous avez du mal à croire ça d'une femme ?

— Non. Seulement... vous auriez pu faire un meilleur usage de vos dons.

— J'ai trouvé un moyen de gagner plus d'argent qu'il ne m'en faudra jamais. C'est le meilleur usage, à mon avis !

— Johnny Arcadi opérait par ici, il y a longtemps. Vous le connaissiez, je suppose ?

— Oh oui ! Sans Arcadi, j'aurais peut-être eu au moins une paire de chaussures qui ne soit pas d'occasion. J'aurais peut-être fait un repas chaud de temps en temps quand j'étais gosse. Sans lui, je n'aurais sans doute pas trouvé ma mère morte d'une overdose à trente-cinq ans. Oh oui, nous nous connaissions, Arcadi et moi ! Rien ne m'a fait plus de plaisir que de lui coller une balle entre les deux yeux.

— Mais pas avant d'avoir appris ce que vous aviez besoin de savoir sur le marché de la drogue.

— Et pourquoi pas ? En dépit de tout ce que j'avais appris à l'usine, je ne trouvais pas de bon emploi. Vous croyez qu'on veut embaucher une technicienne d'ordinateur qui n'a même pas fait d'études secondaires ? Le seul moyen que je connaissais pour gagner de l'argent, c'était la méthode Johnny Arcadi. Et il m'a beaucoup appris, croyez-moi. C'est même lui qui m'a présenté Arnold, figurez-vous.

— Je m'en doutais. Et vous avez sûrement volé aussi les idées d'Arnold.

— Ne me faites pas rire ! Arnold n'avait pas d'idées ! Il n'était rien qu'un enfant gâté surdoué qui cherchait l'aventure. Après avoir inventé son café à l'héroïne, il a traîné pendant trois mois à Miami pour chercher un trafiquant de drogue qui distribuerait le café en grains. Il a trouvé Johnny.

— Et Arcadi a accepté le marché ?

Darcy fit une grimace.

— Arcadi avait l'imagination d'une grenouille. Il croyait que le gosse était cinglé. Il ne voulait même pas regarder les grains de café. D'ailleurs, il croyait que rien ne remplacerait jamais l'héroïne injectable, le con. Mais moi, j'ai compris qu'Arnold avait quelque chose de fameux. Nous sommes devenus... très intimes. Il m'a obtenu la place de secrétaire de son père, qui était encore plus crétin que lui. Mais utile. Quand j'ai compris comment opérait le bureau de Donnelly, j'ai su que le projet d'exportation du café marcherait. Ça n'a pas été difficile de recruter Donnelly. Il faisait toute la prospection. Avec moi pour diriger le bureau à Washington, il était libre de voyager. Ce bon vieux George Brown ! Donnelly nous a obtenu tous nos clients américains. Ils ne vont pas s'arrêter de boire le café maintenant, vous savez, rien que parce que c'est illégal. Un drogué est un drogué.

— Vous en avez créé des millions.

— Exactement. Rien que dans ce pays-ci, le

marché noir va rapporter des sommes astronomiques. Et une fois que j'aurai le poste de Donnelly, le café de Peruvina sera distribué dans le monde entier. Comme rien ne le distingue des grains de café normaux, je peux l'expédier au grand jour. Pensez donc ! Le plus grand trafic de drogue du monde, et entièrement à moi !

— Comment allez-vous obtenir le poste de Donnelly ? demanda Smith. Vous n'êtes que la secrétaire.

— Mais, dit-elle innocemment, par CURE, naturellement.

— Vous n'allez pas faire chanter le gouvernement !

— Je me gênerais ! Et il acceptera, vous verrez. Parce que je ne demande pas grand-chose. Pas de grosses sommes d'argent, pas de bombes nucléaires. Tout ce que je veux en échange de mon silence sur CURE, c'est la place de Donnelly, affirma-t-elle puis elle sourit à Smith. Et je dois vous remercier pour ça. Si vous n'étiez pas venu au bureau, j'aurais été forcée de garder Arnold et Donnelly en vie et de partager la fortune. Vous ne pouviez pas mieux tomber. Ne bougez pas !

Elle appuya le canon du revolver sur la tempe de Smith.

— Il y a une voiture, dehors. Dites à vos amis de descendre ici.

— Non, dit Smith.

— Remo ! Chiun ! cria-t-elle. Vous avez cinq secondes pour descendre ici, sinon le vaillant Dr Smith prendra une balle en pleine tête.

En silence, Remo et Chiun descendirent par l'échelle.

— Tuez-la, ordonna Smith. Laissez-la tirer et ensuite tuez-la. C'est un ordre.

— Un ordre que nous ne pouvons pas exécuter, dit calmement Chiun en glissant ses mains dans ses manches.

— Comme c'est touchant, susurra Darcy. Comment m'avez-vous trouvée ?

— Il n'y avait qu'une seule Cadillac Seville noire sortant du parking, répondit Remo. J'ai pensé que c'était vous, dans cette voiture qui m'avait conduit à Pappy Eisenstein. Nous vous avons suivie à l'aéroport. Ensuite c'était facile de suivre votre trace jusqu'ici, avec votre signalement.

— Je me suis souvenu de vous, dit Chiun. Quand vous quittiez le bureau, je me suis souvenu que Mr Arcadi était dans sa voiture quand je l'ai intercepté. Vous étiez avec lui.

— Ah oui, en effet ! s'exclama Darcy. Votre patron et moi parlions justement de Mr Arcadi. Parce que je n'ai pas cessé de voir Johnny, après avoir fait la connaissance d'Arnold. J'y suis retournée pour le tuer. Son utilité était finie. Mais notre ami oriental a arraché Arcadi à mes bras et m'a conduite directement à Remo. C'est comme ça que j'ai commencé à savoir des choses sur vous et sur CURE... Ah ! Vraiment, Smith, vous n'auriez pas dû vous mêler de ça. Je voulais simplement empêcher Arcadi de souffrir.

— Et Hassam, dit Remo. Et tout le monde dans sa maison. Et Pappy. Et les types de l'entrepôt. Et puis les hommes dans l'avion.

— Je ne pouvais pas vraiment les laisser vivre, voyons.

— Et moi ? Pourquoi est-ce que vous ne vous êtes pas débarrassée de moi pour commencer ?

— Comment voulez-vous ? Je vous ai vu vous battre. Je savais de quoi vous étiez capable.

J'espérais que l'explosion de l'avion réussirait mais même ça, ça n'a pas marché. A la fin, tout de même, j'ai été contente. Vous avez tué Donnelly pour moi.

— Vous ne pouvez pas continuer à tuer tous les gens qui savent ce que vous faites, intervint Smith. Bientôt, il vous faudra tuer le monde entier.

— Oh non, je ne crois pas. J'aurai une bonne petite vie à Peruvina. Je ferai construire une nouvelle maison, je voyagerai...

— Comment est-ce que Peruvina est à vous ? demanda Remo. Vous étiez peut-être l'associée d'Arnold mais...

— Elle était sa femme, révéla Smith. Elle s'appelle en réalité Linda Smith. D'après mes renseignements, Arnold Donnelly a épousé Linda Smith il y a cinq mois. La propriété d'Esmeralda est passée à sa mort à Donnelly et Arnold. Comme ils sont morts, c'est Linda Smith l'héritière.

— Et personne ne sait qui est Linda Smith... Très pratique.

— Pauvre Arnold, soupira Darcy. C'était un si gentil petit mari. Il a même accepté de se tuer plutôt que d'affronter la police ou la prison. J'ai dit que je ferais la même chose. Il croyait que nous serions ensemble au paradis !

— Sans aveux à la police, marmonna Remo.

Darcy secoua tristement la tête.

— Arnold était un vrai minable. Mais utile.

— Est-ce que tout et tout le monde, dans votre vie, doit être utile ? demanda Smith.

Elle le regarda d'un air étonné.

— Bien sûr ! Quelle question ridicule ! Surtout venant de vous, docteur Smith. Ne faites pas semblant de ne pas me comprendre. Parce que moi, je vous comprends. Nous faisons la paire, tous les deux. Consciencieux, prudents, secrets. Je crois sincèrement, Harold, que si je n'étais pas obligée de vous tuer je serais tombée amoureuse de vous. Vous n'auriez pas dû intervenir. Nous aurions pu être heureux ensemble.

Gardant le revolver braqué sur Smith elle ramassa l'attaché-case et y rangea le téléphone portatif.

— Et maintenant, Messieurs, je dois vous quitter.

Elle appuya sur quelques touches de l'ordinateur. L'appareil émit un léger bourdonnement qui alla crescendo. Derrière elle, un panneau d'acier coulissa dans le mur faisant face à l'échelle.

— La magie de la science, dit-elle en passant rapidement par l'ouverture.

Dès qu'elle fut partie, le panneau se referma. Au bout de quelques secondes, on entendit par-derrière un sourd grondement.

— Elle nous laisse vivre, murmura Smith.

Remo considéra l'ordinateur. Le bruit enflait d'instant en instant. Il tourna le bouton d'arrêt. Rien ne se passa.

— Merde, grogna-t-il en poussant Smith contre le mur. Ce truc-là est une bombe !

Chiun était déjà devant le panneau de métal et en retraçait le pourtour avec son ongle. Le panneau se détacha. Chiun poussa plus fort. Rien à faire pour qu'il retombe dans le passage. Chiun arracha le panneau. Par-derrière, il y avait un mur de terre bien tassée.

— C'est retombé pour boucher l'issue une fois qu'elle a été partie, dit Smith. Il y a une autre sortie mais...

Remo montait à l'échelle.

— Non ! Pas par là ! cria Smith, trop tard.

La décharge électrique de l'ouverture envoya

Remo à la renverse dans le souterrain. Sa main était noircie, il grimaçait de douleur.

— Elle a rétabli l'électricité au moyen de l'ordinateur, expliqua Smith en prenant sa petite trousse à outils... Je pourrai peut-être le démonter... Malheureusement, je ne connais pas cet appareil. Ça risque de me prendre des heures et il est probable qu'elle a installé un système de mise à feu à retardement, pour se donner quelques minutes d'avance.

— Nous ne pouvons pas creuser un tunnel ? demanda Remo.

— Trop lent, grogna Chiun.

Remo contempla les murs. Ils étaient sous terre, entourés de terre. Non, ils n'avaient pas le temps de se creuser un passage. Le plafond ? Possible.

— Smitty, est-ce que tout est électrifié, là-haut ?

— Non. Rien que l'ouverture. Si seulement je pouvais démonter ça, là...

Il tourna quelques vis, redisposa quelques fils, sonda plus profondément l'appareil.

— Est-ce que vous voulez faire un essai, maintenant ?

Remo prit un bout de papier, cracha dessus, le roula en boule et le lança par l'ouverture. Des étincelles crépitèrent.

— Bon... Et comme ça ?

Même réaction.

Chiun regardait l'ouverture d'un air songeur.

— Fais-moi voir ta main...

Remo la lui montra. La chair était complètement brûlée ; il ne pouvait pas serrer le poing.

— Petit père, est-ce que nous ne pourrions pas...

— Non, trancha Chiun, les yeux fixés sur l'ouverture électrifiée. La brûlure ne pourrait être évitée. Ni la mort. Même pour des êtres comme nous. Nous allons attendre l'empereur.

Il alla s'asseoir avec grâce dans la position du lotus, au centre exact de la salle souterraine.

Smith ruisselait de sueur.

— Et cette fois, qu'est-ce que ça donne ?

Remo lança la boule de papier.

— Non.

Au-dehors, le puissant moteur de la Cadillac de Darcy Devoe vrombit. Remo eut peur.

Rien ne serait pire que de mourir électrocuté, pensait-il. Les brûlures, mille fois plus terribles que par le feu... Mieux valait mourir dans une explosion.

Et après tout, ils n'allaient peut-être pas mourir. Smith trouverait le truc à temps.

— Essayez ça.

Des étincelles entourèrent la boule de papier.

— Non, Smitty.

Il ne restait plus de temps.

Brûlé vif, électrocuté...

Remo se tapit sur l'échelle, en concentrant toute sa pensée sur l'ouverture au-dessus de lui.

— Qu'est-ce que vous faites ? cria Smith.

Mais dans l'esprit de Remo la voix reculait déjà sur un autre plan, une existence qu'il laissait loin derrière lui. Il pénétrait dans le domaine de la possibilité, dans la dimension où il n'y avait pas de lois.

Il n'y a pas de peur. En conquérant la peur on conquiert la douleur. Pas de peur. Pas de peur. Je suis entier. Je n'ai pas peur. Je suis prêt.

Il s'élança en l'air, les bras autour de sa tête ; ses jambes se soulevèrent sans effort, il vola dans le temps et l'espace, illuminé par l'éclat des étoiles brûlantes, effleuré par l'essence de l'univers. En cet instant fugace il vit tout, il sentit tout, il éprouva tout. La douleur et la beauté, l'extase et la détresse. Toutes ses cordes vibrèrent d'une magnifique musique, avant qu'elles cassent et l'envoient flotter dans un néant de paix inexprimable.

Il était libre...

Et il retomba sur le dos sur l'étroit palier, entre le plancher de la maison et le plafond du sous-sol. Il put agiter ses jambes assez fort pour faire sauter quelques lattes de la plate-forme et puis apparut par le trou déchiqueté la figure de Smith, poussé par-derrière par Chiun.

Chiun porta Remo dehors. Il faisait si bon, si beau qu'il oublia le vol dans l'espace et si quelqu'un lui en avait parlé, il l'aurait traité de fou.

Mais il se souvenait de la musique ; il l'écouta en regardant Chiun rattraper à la course une grosse Cadillac noire, en arracher une fille hurlante et puis la lancer comme un ballon de football dans la maison qui explosa aussitôt, en sautant dans les airs comme les arbres dans les vieux films de guerre, dévorée par une boule de feu. Il écoutait de toutes ses forces sa musique magique, parce que même dans son souvenir elle s'étouffait trop vite. Et elle était si belle.

Il ne comprenait pas pourquoi Smitty avait l'air si triste.

ÉPILOGUE

Remo se réveilla dans une chambre ensoleillée du sanatorium de Folcroft. Il était couvert de pansements, du sommet du crâne à la pointe des pieds. Harold Smith était couché dans un lit voisin, harnaché à un goutte-à-goutte.

— Où est Chiun ? demanda tant bien que mal Remo par une petite fente de ses pansements.

— Dehors. Il terrorise le personnel.

— Dans quel état sommes-nous ?

— Vous allez plus mal que moi.

— Tout ce que je vois, c'est l'ombre et la lumière. Est-ce que je suis aveugle ?

— Je ne crois pas. Les médecins disent que les pansements seront ôtés dans quelques jours.

Remo s'endormit. Quand il se réveilla, c'était la nuit.

— Qu'est-ce que vous avez fait, pour Peruvina ? demanda-t-il à Smith.

— Un message chiffré à la CIA. Les pavots ont été entièrement brûlés, le laboratoire d'Arnold est détruit.

— La fille de chez Hassam. Elle est morte ?

— La danseuse ? Pas du tout. Elle se remet étonnamment bien.

— Envoyez-lui des fleurs de ma part, vous voulez bien ?

— C'est un témoin, dit Smith.

— Il me semble que c'est vous qui avez dit qu'on ne peut pas tuer tous les gens qui savent quelque chose.

— C'était différent, grogna Smith. Reposez-vous. Et laissez-moi dormir.

— Il faut que vous fassiez autre chose, murmura Remo avant de sombrer dans le sommeil.

Quand il ouvrit les yeux, le jour était levé.

— Qu'est-ce que vous voulez encore ? demanda Smith.

— Un pilote nommé Thompson. Il a été arrêté, dans un hôpital militaire de l'île de Malagua.

— Un pilote de l'armée de l'air ?

— Civil. Tirez-le de prison.

— Pourquoi ?

— Il est innocent. Plus ou moins...

— Plus ou moins ? Je ne peux...

— Tirez-le de cette taule et envoyez-le dans les Caraïbes.

— Quoi ?

— Et donnez-lui un avion. Un DC 3.

— Vous délirez.

— Smitty. Faites ça pour moi. Parce que vous êtes un ami.

— Ne soyez pas ridicule !

— Alors faites-le pour moi parce que si vous ne le faites pas, je vous démolirai le portrait quand je sortirai d'ici, promit Remo avant de se rendormir.

Quand il se réveilla, il faisait grand jour. Smith était libéré du goutte-à-goutte. Il était assis dans son lit, son plateau de petit déjeuner sur les genoux, couvert de papiers. Remo n'avait plus de pansements sur les yeux.

— Ah dites ! J'y vois clair !

Smith lui jeta un coup d'œil irrité.

— Oui, oui, tant mieux.

— Vous l'avez fait ? Vous avez tiré Thompson de prison ?

— J'essaie de travailler, grommela Smith en se penchant sur ses papiers.

— Est-ce que vous l'avez fait ?

— Oui. Et je ne comprendrai jamais pourquoi. Je ne devais pas être dans mon état normal.

Remo sourit.

— Merci.

Smith fouilla dans ses papiers et fit semblant de lire.

appelez-moi
sur ma
ligne
privée :
16 (1) 43 54 29 29
Nous fantasmerons
ensemble.
Comtesse Alexandra

Achevé d'imprimer en octobre 1986
sur les presses de l'Imprimerie Bussière
à Saint-Amand (Cher)

— N° d'édit. 11557. — N° d'imp. 2580. —
Dépôt légal : novembre 1986.

Imprimé en France